Der Untergang des Hauses Usher

Edgar Allan Poe

Der Untergang des Hauses Usher

Erzählungen

Edgar Allan Poe: Der Untergang des Hauses Usher
Titel der Originalausgabe: The Fall of the House of Usher
Copyright © by area verlag gmbh
Alle Rechte vorbehalten

Einbandgestaltung: rheinConcept, Wesseling
Einbandabbildung: stock.xchng/Gerald Waters
Satz und Layout: Bernhard Heun, Rüssingen
Printed in Germany 2006

ISBN 3-89996-830-1

www.area-verlag.de

INHALT

König Pest 7
Die Maske des roten Todes 31
Der Untergang des Hauses Usher 43
Der Teufel im Glockenstuhl 79
Der Mord in der Spitalgasse 95
Lebendig begraben 161
Das verräterische Herz 189
Wassergrube und Pendel 201

König Pest

Eine Geschichte, die eine Allegorie enthält

*Die Götter erlauben – ja! sie befehlen sogar den Königen,
Dinge zu tun, die sie bei Schurken verabscheuen.*
Buckhurst, Perrex et Perrex

IN EINER OKTOBERNACHT gegen zwölf Uhr – es war unter der ritterlichen Regierung König Eduards des Dritten – bemerkten zwei Seeleute, die der Mannschaft eines kleinen, augenblicklich in der Themse vor Anker liegenden Handelsschiffes angehörten, mit einigem Erstaunen, daß sie sich in einer Kneipe befanden, die im Kirchspiel Sanct Andreas lag und als Schild das Porträt einer „fidelen Teerjacke" trug.

Der Raum war schlecht gebaut, rauchgeschwärzt und sehr niedrig; also in keiner Beziehung besser als die üblichen Matrosengasthäuser. In den Augen der Trinker, die in den Ecken herumsaßen, Kerlen aus aller Herren Länder, war er jedoch für seinen Zweck bestens geeignet.

Die beiden Matrosen bildeten wohl die auffallendste Gruppe.

Der, wie es schien, ältere von ihnen – er wurde von seinem Gefährten mit dem, wie man gleich sehen wird, sehr charakteristischen Beinamen „Stelze" angeredet – war auch der weitaus größere. Seine sechs und einen halben Fuß mochte er wohl gut messen, und seine krumme Haltung schien nur die unausbleibliche Folge solcher Riesenhaftigkeit zu sein.

Doch wurde dies Übermaß an Länge durch manche Kümmerlichkeiten an seiner Gestalt wieder ausgeglichen. Er war ganz außerordentlich mager, so daß seine Kameraden wohl behaupteten, er könne, wenn er betrunken sei, sehr gut die Mastbaumlampe, und wenn nüchtern, den Luvbaum ersetzen, aber solche und ähnliche Späße pflegten nicht den geringsten Eindruck auf die Lachmuskeln unseres Seemanns zu machen.

Sein Gesicht mußte auffallen: Er hatte hervorstehende Backenknochen, eine große Habichtnase, ein zurücktretendes Kinn, einen zusammengedrückten Unterkiefer und riesig große, hervortretende wasserblaue Augen. Der Ausdruck dieser Züge war, obwohl sie eine Art verbohrter Gleichgültigkeit zur Schau trugen, ein ernster und feierlicher.

Der jüngere Seemann schien so ungefähr das vollendete Gegenstück seines Gefährten. Seine Größe betrug höchstens vier Fuß. Der untersetzte, schwerfällige Körper wurde von ein Paar krummen, stämmigen Beinen getragen, während die ungewöhnlich kurzen und dicken Arme mit ihren mächtigen Fäusten zu beiden Seiten auf und ab baumelten wie die Flossen einer Seeschildkröte. Aus seinem Kopfe zwinkerten kleine, tief liegende Augen von unbestimmter Farbe hervor. Die Nase lag in der Fleischmasse, die sein rundes, volles, purpurrotes Gesicht umhing, förmlich begraben, und seine dicke Oberlippe ruhte auf der noch dickeren Unterlippe mit einem Ausdruck gemächlichster Selbstzufriedenheit, der noch durch die Angewohnheit ihres Eigentümers, sie von Zeit zu Zeit wohlgefällig zu belecken, erhöht wurde. Er betrachtete seinen langen Gefährten offenbar mit einem aus Erstaunen und Spott gemischten Gefühle und blickte oft zu ihm auf – so ungefähr, wie die rote untergehende Sonne zu den Felsklippen des Ben Nevis aufsehen mag.

Viele und vielartige Wanderungen hatte das würdige Paar während der früheren Nachtstunden bereits durch die verschiedenen Kneipen der Nachbarschaft unternommen. Doch auch die größte Summe reicht nicht ewig, und mit leeren Taschen hatten sich unsere Freunde schließlich in das eben beschriebene Wirtshaus wagen müssen.

In dem Augenblicke, da unsere Geschichte beginnt, saßen Stelze und sein Kamerad Hugo Luckenfenster, so hieß der kleine Dicke, jeder mit aufgestützten Ellbogen, an dem großen Eichentische in der Mitte des Zimmers und lehnten den Kopf in die Hand. Über eine riesige, „unbezahlbare" Flasche hinweg beäugelten sie die unheilverkündenden Worte „KEINE KREIDE", die zu ihrem beträchtlichen Unwillen und Erstaunen auf die Tür geschrieben waren; und zwar mittels desselben Minerals, dessen Anwesenheit sie verleugnen sollten! Nicht, daß man unseren Seefahrern die Fähigkeit, Schriftzüge zu entziffern, hätte zur Last legen können! Diese Wissenschaft galt damals für ebenso kabbalistisch wie die Kunst, sie zu schreiben – doch waren da, um die Wahrheit zu sagen, gewisse Windungen in der Bildung der Buchstaben und im Ganzen ein unbestimmtes, unbeschreibliches Seitwärtssteuern, das den beiden Seefahrern Sturm und schlechtes Wetter zu verkünden schien und sie, um mit den allegorischen Worten Stelzes zu reden, plötzlich bestimmte, „das Schiff zu bewachen, die Segel einzuziehen und vor dem Winde zu laufen".

Nachdem sie also den Rest Ale noch seiner Bestimmung übergeben hatten, knöpften sie ihre kurzen Wämse fest zu und machten einen Vorstoß ins Freie. Und obwohl Luckenfenster zweimal in den Kamin trat, den er für die Tür hielt, wurde ihre Flucht doch endlich glücklich bewerkstelligt, und eine halbe Stunde nach Mitternacht liefen unsere

KÖNIG PEST

Helden, als ginge es um ihr Leben, eine dunkle, enge Straße in der Richtung nach St. Andrews Treppe hinab, hart verfolgt von der Wirtin und etlichen Gästen der „fidelen Teerjacke".

In der Zeit nun, in der diese ereignisreiche Geschichte spielt, und manches Jahr vorher und nachher, erklang in England und besonders in der Hauptstadt der entsetzliche Schrei: „Die Pest!" Die Stadt war zum großen Teil entvölkert, und in den schrecklichen Vierteln in der Nähe der Themse, in deren schwarzen, engen, schmutzigen Straßen die Seuche aufgekommen, schlichen nur noch Angst, Entsetzen und Aberglauben durch die verödeten Straßen.

Auf Befehl des Königs waren diese Viertel von der übrigen Stadt vollständig abgeschlossen worden, und jedem, der es wagen sollte, in ihre grauenvolle Einsamkeit zu dringen, die Todesstrafe angedroht. Doch konnten weder die gesetzlichen Bestimmungen des Königs, noch die riesigen Holzverschläge am Eingang der Straßen, noch die Furcht vor dem grausigen, widerwärtigen Tode, der jeden Eindringling so ziemlich mit Sicherheit ereilen mußte, verhindern, daß die leeren, menschenverlassenen Wohnungen nächtlicherweile beraubt, und alles Eisen, Kupfer- oder Bleiwerk, kurz, Gegenstände, mit denen noch Handel getrieben werden konnte, fortgeschleppt wurde.

König Pest

Wenn dann im Winter die Verschläge wieder geöffnet wurden, stellte sich gewöhnlich heraus, daß die Schlösser, Riegel und geheimen Keller nur schlecht die reichen Wein- und Likörvorräte bewahrt hatten, welche die gerade in diesen Vierteln ansässigen zahlreichen Händler lieber einer so ungenügenden Sicherheit überließen, als sie in der Eile unter Mühen und Gefahren in die entfernteren Stadtteile zu schaffen.

Aber nur sehr wenige in dem schreckgefaßten Volke schrieben diese nächtlichen Räubereien Menschenhänden zu. Man glaubte, daß Pestgeister, Seuchenkobolde, Fieberdämone diese Übeltaten verrichteten, und täglich entstanden neue schauerliche Geschichten, so daß schließlich die verlassenen Häuser wie von einem Leichentuch eingehüllt waren, und die Räuber selbst, geängstigt durch die abergläubischen Schauergeschichten, die ihre eigenen Raubzüge geschaffen, die verrufenen Orte flohen; so daß nur Finsternis und schweigender Tod an dieser Stätte des Pesthauchs waren.

Durch einen jener Holzverschläge, die anzeigten, daß das hinter ihnen liegende Gebiet unter dem Krankheitsbanne sei, sahen sich nun plötzlich Stelze und der würdige Hugo Luckenfenster, die gerade eine schmale Straße heruntergerannt kamen, in ihrem Laufe aufgehalten. Es war unmöglich, umzukehren, und jeder Zeitverlust bedeutete höchste Gefahr, denn die Verfolger waren ihnen auf den Fersen. Für zwei so geübte Matrosen wie sie war es eine Kleinigkeit, den grob gearbeiteten Bretterzaun zu erklettern, und nach dem reichlichen Genuß der Spirituosen, durch die Anstrengung des Laufens doppelt stark berauscht, sprangen sie entschlossen auf die andere Seite, rannten mit Schreien und Heulen weiter und verloren sich bald in den verborgenen, verpesteten Schlupfwinkeln.

Wären sie nicht so sinnlos betrunken gewesen – ihre gräßliche Umgebung hätte ihre schwankenden Schritte sicher aufgehalten, das Entsetzen würde sie den Wohnungen der Menschen wieder zugetrieben haben. Die Luft war kalt und nebelig. Die Pflastersteine lagen in wilder Unordnung umher, Gras und Unkraut überwucherten sie, so daß man oft bis über die Knöchel in dasselbe einsank. Zerfallene Häuser versperrten die Straßen, giftige, stinkende Dünste wogten über das Ganze, und in dem gespenstischen Lichte, das selbst um Mitternacht eine dunstige, verpestete Atmosphäre ausstrahlte, hätte man in den Straßen und Gäßchen oder in den fensterlosen Wohnräumen den verwesenden Leichnam manch eines Räubers erblicken können, den die Hand der Pest gefaßt hatte, als er gerade sein nächtliches Werk vollbringen wollte.

Doch dergleichen Gefühle, Bilder und Hindernisse waren machtlos, die Schritte zweier Menschen aufzuhalten, die, von Natur aus tapfer, in dieser Nacht zum Überlaufen voll von Mut und Ale, ohne Zögern und so geradewegs, wie es ihr Zustand nur immer erlaubte, dem Tode selbst in den Rachen gelaufen wären.

Weiter und immer weiter lief der grimmige Stelze, und sein Geschrei, das wie das Kriegsgeheul der Indianer durch die Nacht gellte, weckte das Echo der schauerlichen Öde. Und ihm auf dem Fuße folgte der dicke Luckenfenster, der sich am Rockzipfel seines behenderen Gefährten festhielt und dessen stärkste Leistungen in der Vokalmusik noch durch die machtvollsten Kontrabaßtöne übertraf.

Sie hatten jetzt den eigentlichen Herd der Pest erreicht. Ihr Weg wurde mit jedem Schritt oder vielmehr mit jedem Stolpern widerwärtiger, die Straßen enger, verfallener. Die dumpfe Schwere, mit der große Steine und Balken von Zeit zu Zeit von den einstürzenden Dächern auf die Straße fielen, ließ auf die außerordentliche Höhe der umstehenden Häuser schließen, und wenn die Flüchtlinge Hand anlegen mußten, um sich einen Weg über Schutthaufen hinweg zu verschaffen, so geschah es nicht selten, daß ihre Finger ein Skelett berührten oder in verwesendes Fleisch faßten.

Plötzlich taumelten die Matrosen gegen die Türe eines riesigen Gebäudes von unheimlichem Aussehen. Stelze stieß einen ganz besonders gellenden

König Pest

Schrei aus, auf den von innen her durch eine lange Reihe ununterbrochener, wilder Rufe, die wie höllisches Lachen klangen, geantwortet wurde. Ohne über diese Laute zu erschrecken, die an solchem Orte und in solchem Augenblicke jeden nicht so sinnlos Berauschten mit Entsetzen erfüllt haben würden, warf sich das würdige Paar der Länge nach gegen die Tür, stieß sie auf und stolperte mit einem Schwall von Flüchen mitten in das Haus hinein.

Der Raum, in dem sie sich nunmehr befanden, war der Laden eines Sargfabrikanten und Leichenbegängnis-Unternehmers; aber durch eine offene Falltür in einer Ecke des Fußbodens, nahe am Eingang, blickte man auf eine lange Reihe von Weinfässern, die – wie der Ton einiger Weinflaschen bewies, die gerade an ihnen zerschellten – mit dem gehörigen Inhalte auf das Beste gefüllt waren. In der Mitte des Raumes stand ein Tisch und darauf eine riesige, anscheinend mit Punsch gefüllte Bowle. Verschiedene Flaschen Wein und Liköre sowie zahlreiche Krüge, Kruken und Flacons von jeder Gestalt und Größe standen auf dem Tisch umher.

Um den Tisch, und zwar auf Särgen, saß eine Gesellschaft von sechs Personen, die ich zunächst beschreiben muß.

Der Eingangstür gegenüber und ein wenig höher als die übrigen, thronte ein Mann, welcher der Präsident der Tafelrunde zu sein schien. Er war groß und dürre, und Stelze erkannte verblüfft, daß man ihn, was Magerkeit anging, doch noch übertreffen könne. Das Gesicht dieses Mannes war so gelb wie Safran, doch keine Partie desselben war einer besonderen Beschreibung würdig – mit Ausnahme der Stirn, die so ungewöhnlich, so scheußlich hoch schien, daß sie wie ein Helm oder eine Krone aus Fleisch wirkte, die dem natürlichen Kopfe noch aufgesetzt war. Der grinsende Mund war zu einem Ausdruck gespenstischer Liebenswürdigkeit zusammengekniffen, und über seinen Augen, wie über denen der ganzen Tischgesellschaft, lag der gläserne Glanz der Betrunkenheit. Dieser Gentleman war von Kopf bis zu Fuß in einen reichgestickten Mantel aus schwarzem Seidensammet gehüllt, der, auf der Schulter geschlossen, nach Art der spanischen Mäntel seine ganze Gestalt lose umschloß. Sein Kopf war reichlich mit den emporgesträubten Federn geschmückt, wie sie die Pferde der Leichenwagen zu tragen pflegen; und mit einer gezierten Munterkeit bewegte er sie hin und her. In seiner rechten Hand hielt er einen großen, menschlichen Schenkelknochen, mit dem er anscheinend gerade ein Mitglied der Tafelrunde berührt hatte, um den Vortrag eines Liedes zu befehlen.

Dem Präsidenten gegenüber, den Rücken zur Tür gewandt, saß eine Dame, deren außergewöhnliches Aussehen dem seinen an Sonderbarkeit nicht das

KÖNIG PEST

Geringste nachgab. Obwohl sie gerade so groß war wie die erstbeschriebene Person, hatte sie sich doch durchaus nicht über Magerkeit zu beklagen. Sie befand sich offenbar im letzten Stadium der Wassersucht, und ihr Umfang kam dem der riesigen Tragbahre gleich, die neben ihr in einer Ecke des Zimmers aufgerichtet stand. Ihr Gesicht war außerordentlich rund, rot und voll, und dieselbe Merkwürdigkeit, das heißt eigentlich die Abwesenheit jeder Merkwürdigkeit, die ich schon bei der Beschreibung des Präsidenten erwähnte, zeichnete alle ihre Züge aus – bis auf einen einzigen, der besondere Schilderung verdient –, der scharfsinnige Luckenfenster sah bald, daß sich diese Eigentümlichkeit bei jeder der sechs Personen wiederholte: eine Gesichtspartie fiel immer besonders auf. Bei der in Frage stehenden Dame war es der Mund. Er reichte vom rechten Ohre bis zum linken und bildete einen fürchterlichen Schlund, in den ihre kurzen Ohrringe jeden Augenblick hinabbaumelten. Doch machte sie die größten Anstrengungen, ihn soviel wie möglich geschlossen zu halten und würdig auszusehen. Ihr Kleid bestand aus einem frisch gestärkten und gebügelten Leichentuche, das unter dem Kinn mit einem plissierten Batistkragen abschloß.

Zu ihrer Rechten saß ein junges Dämchen, das sie zu bemuttern schien. Dies zarte, kleine Geschöpf zeigte mit ihren zitternden, mageren Fingern, den farblosen Lippen, den leicht hektischen Flecken in dem sonst bleigrauen Gesichte alle Symptome der galoppierenden Schwindsucht. Doch hatte ihr ganzes Wesen etwas äußerst Distinguiertes; sie trug ihr großes, schönes Leichentuch aus feinstem Leinengewebe mit Grazie und bewegte sich frei und ungezwungen; ihr Haar hing in Locken auf ihre Schultern herab, und ein weiches Lächeln umspielte ihren Mund; aber ihre außerordentlich lange, dünne, krumme, bewegliche, finnige Nase hing weit über ihre Unterlippe hinab, und trotz der feinen Art, mit der sie dieselbe von Zeit zu Zeit mit der Zunge nach rechts oder links schob, gab dieser Rüssel ihrem Gesicht einen etwas mehr als zweideutigen Ausdruck.

An der anderen Seite, zur Linken der wassersüchtigen Dame, saß ein alter, kleiner, aufgeschwollener, asthmatischer, gichtischer Herr. Seine Wangen ruhten wie zwei Portweinschläuche auf seinen Schultern, die Arme hielt er gekreuzt, sein rechtes, von Bandagen umwickeltes Bein ließ er auf dem Tische ruhen und schien sich ganz besonderer Beachtung wert zu halten. Doch so sehr ihn auch jeder Zoll seiner persönlichen Erscheinung mit Stolz erfüllte, liebte er noch besonders, die Aufmerksamkeit der Anwesenden auf seinen prunkvoll gefärbten Überrock zu lenken. Derselbe mußte ihn allerdings auch viel Geld gekostet haben und stand ihm außerordentlich gut; er war aus einer jener kunstvoll gestickten Schabracken gefertigt, mit denen man in England, und auch wohl anderswo, die großen Wappenschilder an den Wohnungen der Aristokratie in Abwesenheit der Herrschaften bedeckt.

Neben ihm, zur Rechten des Präsidenten also, saß ein Herr in langen weißen Strümpfen und baumwollenen Unterhosen. Seine ganze Gestalt wurde von einem komisch wirkenden Schauder geschüttelt, den Luckenfenster Tatterich zu nennen beliebte. Seine frisch rasierten Kinnladen waren durch eine Musselinbinde fest zusammengebunden, und seine auf dieselbe Art und Weise an den Handgelenken befestigten Arme hinderten ihn, den Getränken auf dem Tische allzu reichlich zuzusprechen – eine Vorsicht, die, wie Stelze bei sich dachte, nach seinem verdummten Säufergesicht zu schließen, gar nicht unnötig war. Ein Paar enorm große Ohren standen von seinem Kopfe ab in das Zimmer hinein und wurden von einem Krampf durchzuckt, sooft man nur eine Flasche entkorkte.

Ihm gegenüber als sechste und letzte Person saß ein sonderbar steif aussehendes Wesen männlichen Geschlechtes, das offenbar gelähmt war und sich in seiner unbequemen Kleidung sehr ungemütlich fühlen mußte. Dieser Herr war nämlich vollständig in einen schönen, neuen Mahagonisarg gekleidet, dessen Deckel wie ein Helm auf seinem Haupte saß. In die beiden Seiten des Sarges waren Armlöcher gebohrt, um der Eleganz wie um der Bequemlichkeit willen; dennoch verhinderte dies „Gewand" seinen Träger, geradeso aufrecht zu sitzen wie seine Tischnachbarn. Sein Sarg lehnte in einem Winkel von fünfundvierzig Grad gegen eine Totenbahre, so daß der so originell bekleidete Herr seine großen Augen mit ihren schauderhaften weißen Pupillen, wie voll Erstaunen über ihre eigene enorme Größe, rollend zur Zimmerdecke gerichtet hielt.

Vor jedem der Tafelgenossen lag eine halbe Hirnschale, die als Trinkbecher diente. Über ihren Köpfen hing ein Skelett, das mittels eines um sein Bein geschlungenen Seiles an einem Ringe im Plafond befestigt war. Das andere Bein streckte sich in einem rechten Winkel vom Körper ab, und das ganze klappernde Skelett drehte sich bei jedem leichten Windstoß, der durch die bröckeligen Mauern in den Raum fuhr, lustig im Kreise herum. Der Schädel des scheußlichen Dinges enthielt eine Menge brennender Kohlen, die ein schwankendes, doch lebhaftes Licht auf die ganze Szene warfen. Särge, Bahren und sonstige Verkaufswaren eines Leichenbegängnis-Unternehmers waren an den Wänden und vor den Fenstern so hoch aufgestapelt, daß kein Lichtstrahl auf die Straße drang.

KÖNIG PEST

Beim Anblick dieser sonderbaren Versammlung und der noch sonderbareren Kleidung bewahrten unsere Seeleute nicht die wünschenswerte Haltung. Stelzes Unterkinn sank noch tiefer herab als gewöhnlich, und er selbst gegen die ihm zunächst stehende Mauer, während sich hinwiederum seine Augen, so weit es nur möglich war, aufrissen. Luckenfenster jedoch krümmte sich dermaßen, daß seine Nase nicht über das Niveau des Tisches herausragte, schlug sich mit beiden Händen auf die Knie und brach in ein unmäßiges Lachen oder vielmehr in ein langes, lautes, widerhallendes Gebrüll aus.

Ohne über dies unglaublich grobe Betragen nur im geringsten beleidigt zu sein, lächelte der lange Präsident die Eindringlinge mit anmutiger Liebenswürdigkeit an, nickte ihnen mit seinem federgeschmückten Haupte würdevoll zu, stand auf, faßte sie am Arme und führte jeden zu einem Sitze, den zwei andere Mitglieder der Tafelrunde schon in Bereitschaft gestellt hatten. Stelze leistete bei all dem nicht den geringsten Widerstand, sondern setzte sich da nieder, wohin man ihn führte, während Luckenfenster, der Galante, seinen Sargständer vom Kopfende des Tisches an die Seite der kleinen, schwindsüchtigen Dame in dem indischen Leichentuche rückte, in höchster Heiterkeit an ihrer Seite niederplumpste, sich einen Schädel Rotwein eingoß und ihn „auf nähere Bekanntschaft" leerte.

Diese Anmaßung schien jedoch den steifen Gentleman im Sarge zu ärgern und wäre wohl kaum ohne betrübliche Folgen geblieben, wenn nicht der Präsident mit seinem Zepter auf den Tisch geklopft und die Aufmerksamkeit der Anwesenden durch folgende Rede abgelenkt hätte: „Es ist unsere Pflicht bei dem glücklichen Zufalle –"

„Halt!" fiel ihm Stelze mit ernsthafter Miene ins Wort. „Halten Sie ein wenig, und sagen Sie uns beim Teufel zuerst mal, wer Sie eigentlich sind, und was Sie hier wollen, und warum Sie unserem ehrlichen Kameraden, dem Leichenbestatter Wilhelm Schaufel, seinen Wintervorrat von dem leckeren Weinchen da austrinken?"

Bei diesem unverzeihlichen Beweise schlechter Erziehung sprang die seltsame Gesellschaft auf und stieß wieder jene wilden Schreie aus, die die beiden Seeleute schon vorher hatten vernehmen müssen. Der Präsident erlangte zuerst seine Ruhe wieder, wandte sich schließlich mit großer Würde Stelze zu und begann von neuem: „Mit größter Bereitwilligkeit werden wir jede berechtigte Neugier Unserer erlauchten, wenn auch ungebetenen Gäste befriedigen. So werde Ihnen denn kundtun, daß ich der Beherrscher dieser Gebiete bin und hier allein und unbeschränkt regiere unter dem Namen König Pest der Erste."

„Dieser Raum, den Sie sehr profan und zu Unrecht den Laden Wilhelm Schaufels, eines Leichenbestatters, genannt haben – eines Mannes, den Wir nicht kennen, und dessen plebejischer Name vor dieser Nacht Unsere königlichen Ohren noch nicht beleidigt hat – dieser Raum, sage ich, ist das Torzimmer Unseres Palastes, zu Ratsversammlungen in Unserem Königreich und anderen hohen und erhabenen Zwecken bestimmt."

„Die edle Frau Uns gegenüber ist die Königin Pest, Unsere Allerdurchlauchtigste Gemahlin. Die übrigen erlauchten Personen, die Sie erblicken, gehören alle zu Unserer Familie und tragen die Zeichen ihrer königlichen Herkunft in ihren Namen: Seine Königliche Hoheit der Erzherzog Pest-Ilenz, Seine Hoheit der Herzog Pest-Beulchen, Seine Hoheit der Herzog Tem-Pesta, Ihre Königliche Hoheit die Erzherzogin Ana-Pest".

„Was Ihre Frage betreffs der Angelegenheit, über die wir hier Rates pflegen, angeht, gestatten wir Uns zu bemerken, daß sie nur Uns und Unsere königlichen Interessen berührt und für niemand anderen als nur für Uns selbst von Wichtigkeit ist. Aber in Anerkennung jener Rechte, welche Sie als Gäste und Fremde beanspruchen zu dürfen glauben, erklären Wir Ihnen, daß Wir in dieser Nacht, wohl vorbereitet durch ausgedehnte Nachforschungen und sorgfältige Untersuchungen, hier versammelt sind, um den unbestimmbaren Geist, die unerklärlichen Eigenschaften und das Wesen jener unschätzbaren Gaumenlabungen, der Weine, Ales und Liköre dieser prächtigen Metropole zu untersuchen, zu analysieren und gründlich zu bestimmen; um durch dieses Tun nicht allein Unsere eigenen Absichten zu verfolgen, sondern vor allem das wahre Wohlergehen jenes Herrschers zu fördern, der, nicht von dieser Welt, über Uns alle herrscht, dessen Reich ohne Grenzen ist, und dessen Name Tod heißt!"

„Dessen Name Hans Wurst* ist!" schrie Luckenfenster, schenkte der Dame an seiner Seite einen Schädel voll Likören ein und versah auch den seinen aufs Beste.

„Profaner Schuft", sagte der Präsident und wandte seine ganze Aufmerksamkeit dem würdigen Stelze zu – „profaner, erbärmlicher Lump! Wir haben gesagt, daß Wir in Anerkennung jener Rechte, die Wir selbst in Deiner schmutzigen Person nicht zu verletzen gewillt sind, geruht haben, auf Deine groben, sehr unzeitigen Fragen zu antworten. Nichtsdestoweniger halten Wir es angesichts des profanen Eindringens in Unsere Ratsversammlung für Unsere Pflicht, Dich und Deinen Gefährten

---

* Im amerikanischen Text steht hier Davy Jones – der Name für eine clownartige Figur, die den Tod spielt.

Anm. der Herausgeber

König Pest

jeden zu einer Gallone Bier zu verurteilen, die Ihr knieend und auf einen Zug auf das Wohl Unseres Königreiches trinken werdet. Dann soll es Euch freistehen, Euren Weg wieder aufzunehmen oder zu bleiben, oder, jeder nach seinem persönlichen Geschmack, an den Privilegien unseres Tisches teilzunehmen."

„Es wäre ein Ding der Unmöglichkeit", erwiderte Stelze, dem die großartige Haltung und Würde des Königs Pest I. offenbar Respekt eingeflößt hatte – erhob sich und stütze sich während des Redens auf den Tisch – „es wäre ein Ding der Unmöglichkeit, auch nur den vierten Teil von dem Quantum Likör, das Euere Majestät eben zu erwähnen beliebten, in meinem Kielraum aufzuschichten. Abgesehen von den verschiedenen Waren, die wir am Vormittage als Ballast eingenommen –, und der diversen Ales und Likörs, die wir im Laufe des Abends in verschiedenen Häfen eingeschifft, gar nicht zu gedenken –, habe ich jetzt eben in der ‚fidelen Teerjacke' eine volle, wohl bezahlte Schiffsladung eingenommen. Ich erlaube mir deshalb, an Euere Majestät die Bitte zu richten, den Willen für die Tat zu nehmen, denn ich kann weder, noch will ich einen weiteren Tropfen Alkohol mehr schlucken – am allerwenigsten einen Tropfen von dem niederträchtigen Kielwasser, das auf den Namen Bier getauft ist."

„Stop! Stop!" unterbrach ihn Luckenfenster, nicht mehr erstaunt über die Länge der Rede als über die Weigerung – „Stop! Stop! Du Süßwassermatrose! Und kein Geschwätz mehr, Stelze! Mein Lagerraum ist noch aufnahmefähig, obgleich ich ja gestehen muß, daß du ein wenig schwer geladen zu haben scheinst; aber eher würde ich noch für deine Ladung Platz in meinem Packraum schaffen, als warten, bis ein Sturm heraufzieht, wenn ..."

„Ein solches Vorgehen", unterbrach ihn der Präsident, „verträgt sich in keiner Weise mit den Satzungen des Urteils oder vielmehr mit der Verurteilung, welche eine uneinschränkbare, unwiderrufliche ist. Die Bedingungen, die Wir auferlegt haben, müssen buchstäblich und ohne die geringste Verzögerung erfüllt werden. Im Falle einer Weigerung befehlen Wir, daß man Euch an dem Halse und den Fersen zusammenbindet und als Rebellen in jenem Oxhoft Wein ertränkt!"

„Das nenne ich einen Urteilsspruch" „Das ist ein Urteil!" „Das ist ein gerechtes und billiges Urteil!" „Ein glorreiches Dekret!" „Eine höchst verdiente, einspruchslose Verurteilung!" rief die Familie Pest in lautem Durcheinander aus. Der König zerknitterte seine Stirn in zahllose kleine Fältchen, der gichtische alte Herr schnaufte wie ein Blasebalg, die junge Dame im indischen Leichtuche ließ ihre Nase nach rechts und links spielen, der Gentleman in den baumwollenen Unterhosen bekam den Krampf in die Ohren, die Dame im gestärkten Totenhemd schnappte mit ihrem riesigen Rachen wie ein sterbender Fisch, und der im Sarge sah noch steifer aus und rollte die Augen wilder als je.

„Hihihi!" kicherte Luckenfenster, ohne auf die allgemeine Erregung zu achten. „Hihihihihihihihi-hi! Ich sagte ja, daß die zwei oder drei Gallonen für eine solides Schiff wie mich eine Kleinigkeit sind, wenn es nicht überladen ist – aber wenn ich auf die Gesundheit des Teufels trinken und mich vor Seiner niederrächtigen Majestät, die, so sicher wie ich ein Sünder bin, niemand anderes ist als ein dummer August, auf meine Knie werfen soll, so ist das eine Sache, die vollständig über meinen Verstand geht."

Man hatte ihn jedoch nicht ruhig ausreden lassen. Bei dem Namen dummer August sprang die ganze Gesellschaft von ihren Sitzen auf.

„Verrat!" brüllte Seine Majestät König Pest der Erste.

„Verrat!" sagte der kleine Gichtische.

„Verrat!" kreischte die Erzherzogin Ana-Pest.

„Verrat!" murmelte der Gentleman mit dem aufgebundenen Kinn.

„Verrat!" grunzte der Mann im Sarge.

„Verrat! Verrat!" schrie Ihre Majestät mit dem Rachen – ergriff den unglückseligen Luckenfenster, der soeben angefangen hatte, einen Schädel voll Likör auszutrinken, an dem hinteren Teile seiner Beinkleider, hob ihn hoch in die Höhe und ließ ihn ohne Zeremonie in das riesige, offene Faß mit ihrem geliebten Ale fallen. Er tauchte ein paarmal auf und unter wie ein Apfel in kochendem Punsch und verschwand zuletzt in einem Wirbel von Schaum, den seine Versuche, sich zu retten, in der von Natur aus leicht moussierenden Flüssigkeit reichlich hervorgebracht hatten.

Der lange Seemann sah jedoch keineswegs tatenlos der Niederlage seines Genossen zu. Er ergriff den König Pest, stieß ihn die offene Falltür hinab, schloß dieselbe mit einem fürchterlichen Fluche und lief in die Mitte des Zimmers zurück, dann riß er das Skelett herunter, das über dem Tische baumelte, und bediente sich seiner mit soviel Energie und gutem Willen, daß es ihm gelang, noch ehe die letzte Kohle verloschen war, dem kleinen gichtischen Herrn das Gehirn einzuschlagen. Dann stürzte er sich mit aller Kraft auf das riesige, mit Oktober-Ale und Luckenfenster gefüllte Faß, stieß es um und ließ es ins Zimmer hinrollen. Eine Sündflut so wilden, so wütenden Gebräues schoß heraus, daß das Zimmer von einem Ende zum anderen überschwemmt wurde. Der Tisch stürzte um, mit allem, was darauf stand, die Sargständer fielen auf die Seite, die Punschbowle flog in den Kamin, und die beiden Damen bekamen hysterische Anfälle.

KÖNIG PEST

Ganze Stöße von Begräbnisgegenständen sausten umher, Krüge, Kruken, Korbflaschen vermengten sich zu greulichem Durcheinander, schwere Ballons verursachten gräßliche Zusammenstöße mit kleinen Likörflacons. Der Mann mit dem Tatterich ertrank auf der Stelle, der kleine Lahme schwamm in seinem Sarge umher – der siegreiche Stelze ergriff die dicke Dame im gestärkten Totenhemd um die Taille, stürzte mit ihr auf die Straße hinaus und steuerte geradenwegs auf den Hafen zu, gefolgt von dem ebenfalls mit bestem Winde segelnden Hugo Luckenfenster, der, nachdem er sich drei- oder viermal tüchtig ausgeniest hatte, mit der Erzherzogin Ana-Pest hinter ihm her schnaufte.

Die Maske des roten Todes

DER ROTE TOD HATTE SCHON LANGE im Lande gewütet; noch nie hatte die Pest grauenhaftere Verheerungen angerichtet. Blut ging vor ihr her – Blut folgte ihr; überall sah man die Farbe des Blutes, spürte seine Schrecken. Sie brachte stechende Schmerzen und plötzliche Schwindelanfälle mit sich, denen starke Blutungen aus allen Poren folgten, und ließ unerbittlich den Tod zurück. Die scharlachroten Flecken auf dem ganzen Körper und besonders auf dem Gesicht des Opfers waren die Brandmale, die den Unglücklichen von der Hilfe und dem Mitleid der Menschen ausschlossen; und der erste Anfall, der qualvolle Fortschritt und das Ende der Seuche war das schauerliche Werk einer halben Stunde.

Doch Prinz Prospero?! – Prinz Prospero war glücklich, furchtlos und weise. Als seine Besitztümer halb entvölkert dalagen, bat er tausend lebenslustige Gesellschafter aus dem Kreise der Ritter und

Die Maske des roten Todes

Damen seines Hofes zu sich und zog sich mit ihnen in die tiefe Abgeschiedenheit eines seiner befestigten Schlösser zurück. Es war ein weitläufiges, prächtiges Gebäude, eine Schöpfung nach des Prinzen eigenem, wildem, aber großartigem Geschmack. Eine starke, hohe, mit eisernen Toren verschlossene Mauer umgab das ganze Besitztum. Als die Höflinge eingezogen waren, brachte man Schmelzöfen und schwere Hämmer herbei und schmiedete die Riegel an den Toren zu, denn die Verzweiflung sollte weder jählings von außen herein noch die irre Lustigkeit von innen heraus gelangen können. Die Welt draußen mochte für sich selbst sorgen! Es wäre Torheit gewesen, sich um der Zukunft oder der Menschheit willen trübem Nachdenken und Grübeleien hinzugeben! Der Prinz hatte denn auch reichlich für Vergnügungen und Unterhaltung gesorgt. Da waren Spaßmacher, Improvisatoren, Ballettänzer, Musiker, dazu die schönen Damen! Und die edlen Weine! Ja, alles das und Sicherheit war im Schloß! Draußen war der rote Tod!

Im fünften oder sechsten Monat, als die Pest im Lande gerade am schlimmsten wütete, lud Prinz Prospero seine tausend Freunde zu einem Maskenball von ganz ungewöhnlicher Pracht ein.

Die Schar der Masken bot einen berauschenden Anblick dar, doch will ich erst die Räume beschreiben, in denen das Fest stattfand.

Die Maske des roten Todes

Es waren ihrer sieben – eine wahrhaft fürstliche Zimmerflucht! In den meisten Palästen würde sie wohl eine einzige, lange Durchsicht geboten haben, da man im allgemeinen die Flügeltüren nach jeder Seite hin bis fast an die Wand zurückschieben und alle Räumlichkeiten mit einem Blick durchschweifen konnte. Die Vorliebe des Prinzen für alles Bizarre hatte ihn jedoch bewogen, das Schloß so unregelmäßig bauen zu lassen, daß man zu gleicher Zeit nur wenig mehr als ein Zimmer überschauen konnte. Nach je zwanzig oder dreißig Schritten gelangte man an eine scharfe Biegung, die einem stets den Anblick auf ein neues Bild freiließ. In jedem Zimmer ging zur Rechten und Linken in der Mitte jeder Wand ein hohes, schmales, gotisches Fenster auf einen geschlossenen Korridor hinaus, der den Windungen der Zimmerflucht folgte. Die Scheiben der Fenster waren aus buntem Glase, dessen Farbe mit derjenigen übereinstimmte, die in der Ausschmückung des Zimmers vorherrschte.

Das Zimmer am östlichen Ende der Reihe war zum Beispiel in Blau gehalten, und dementsprechend strahlten auch die Fensterscheiben in funkelndem Blau.

Das zweite Zimmer war mit purpurroten Wandbekleidungen und Zierat ausgestattet, und auch die Scheiben waren purpurn – das dritte Gemach war ganz in Grün ausgestattet, und zauberhaftes grünes

Licht ergoß sich durch seine Fenster. Das vierte Zimmer hatte orangefarbene Möbel und Beleuchtung, das fünfte Gemach war weiß, das sechste violett – das siebente aber mit schwarzem Samt ausgeschlagen, der den Plafond und die Wände umhüllte und in schweren Falten auf den Bodenteppich von derselben Farbe und dem gleichen Stoff niederfiel. In diesem Zimmer allein entsprach die Farbe der Fenster nicht der der übrigen Ausschmückung. Hier waren die Scheiben scharlachrot, tief scharlachrot. In keinem der sieben Zimmer war unter dem Überfluß an goldenem Zierat, der zahllos umherstand oder von der Zimmerdecke herunterhing, eine Lampe oder ein Kandelaber zu entdecken. In den Korridoren, welche die ganze Zimmerflucht umschlossen, stand jedem Fenster gegenüber ein massiver Dreifuß, in dem ein Kohlenfeuer loderte, das seine Flammen durch das bunte Glas in das Zimmer warf und ihm so eine glühende Helle und eine stets wechselnde, phantastische Beleuchtung gab. Aber in dem westlichen oder schwarzen Zimmer war die Wirkung, die das feurige Licht der blutroten Scheiben auf den schwarzen Wandbekleidungen hervorbrachte, eine so gespenstische, gab den Gesichtern der Eintretenden ein so gräßliches Aussehen, daß nur wenige kühn genug waren, ihren Fuß über die Schwelle des Gemaches zu setzen.

Die Maske des roten Todes

An der westlichen Wand in diesem Zimmer stand eine riesengroße Uhr aus Ebenholz. Ihr Pendel schwang mit dumpfem, schwerem, eintönigem Schlagen hin und her. Und wenn der Minutenzeiger seinen Kreislauf über das Zifferblatt beendet hatte, und das Uhrwerk die Stunde zu schlagen begann, drang aus der metallenen Brust der Uhr ein voller, tiefer, wunderbar musikalisch klingender Ton hervor, der von so besonderem Klang, von so seltsamer Feierlichkeit war, daß nach Verlauf jeder Stunde die Musiker sich wie von einer unerklärlichen Macht gezwungen fühlten, eine Pause zu machen und dem Ton zu lauschen; die Tanzenden mußten plötzlich innehalten, ein kurzes Mißbehagen breitete sich über die ganze fröhliche Gesellschaft. Man sah, während die Glocken des Uhrwerkes tönten, die Leichtfertigsten erbleichen und die Älteren und Gesetzteren, wie in traumhaftem Nachdenken verloren, ihre Stirn in ihre Hand senken. Doch sobald der letzte Schlag verklungen war, brach die Gesellschaft wieder in heiteres Lachen aus, die Musiker blickten einander an, lächelten wie über eine Torheit und gelobten flüsternd, sich beim nächsten Stundenschlag nicht wieder in eine ähnliche Aufregung bringen zu lassen. Aber wenn nach Verlauf von sechzig Minuten (die dreitausendsechshundert Sekunden der flüchtigen Zeit bedeuten) neue Glockenklänge von der Uhr her tönten, dann schrak die fröhliche Maskenschar wie vorher auf und wartete wieder mit banger, verstörter Angst auf ihren letzten Schlag.

Und doch war es trotz allem ein heiteres, köstliches Fest. Der Prinz hatte seinen ganz persönlichen Geschmack. Er liebte seltene Farben und Farbenwirkungen und verachtete alles Herkömmliche. Seine Pläne waren kühn und voller Leben, und aus seinen Entwürfen sprühte die Glut ferner, schöner Zonen. Manche da draußen hatten ihn für wahnsinnig gehalten. Seine Hofgesellschaft wußte, daß dies ein Irrtum war; aber man mußte ihn selbst hören, ihn sehen, mußte mit ihm reden, um wirklich überzeugt zu sein, daß er es nicht war.

Um dieses große Fest zu verschönern, war ein Teil der beweglichen Ausschmückung der sieben Gemächer unter seiner Leitung entstanden, sein eigener, eigenartiger Geschmack hatte auch die Kostüme der Masken bestimmt. Und sie waren wirklich höchst grotesk. Da gab es Farbenpracht und Glanz und Glitzern, viel Phantasie und Pikanterie. Arabeskenhafte Gestalten mit seltsam verrenkten Gliedmaßen wandelten umher und gemahnten wohl an die Traumgebilde eines Tollen. Viel Schönes war da, viel Übermütiges, viel Bizarres, manches Schreckliche und nicht wenig, das widerwärtig wirkte. Auf und ab wogte es in den sieben Zimmern, wie eine Menge wirrer Traumgestalten. Und die Masken gingen ein und aus, stets wechselnd,

Die Maske des roten Todes

bald zaubervoll, bald spukhaft beleuchtet, und die lauten Klänge des Orchesters durchtönten die Luft wie das Echo ihrer Schritte.

Und mitten in den Trubel hinein erklingen dann plötzlich die Glockenschläge der Ebenholzuhr – und für einen Augenblick tritt Totenstille ein, man hört keinen Laut – nichts, nur die Stimme der Uhr! Die Traumgestalten bleiben, wie von plötzlicher Erstarrung ergriffen, auf dem Fleck stehen. Aber kaum ist der letzte Ton verhallt – so erklingt hinter ihm her ein leichtes, halbunterdrücktes Lachen. Die Musik schwillt wieder sanft an, die erstarrten Träume beleben sich wieder und wogen noch heiterer auf und ab durch das Glühen der vielfarbigen Fenster, durch den seltsamen Feuerschein, den die Dreifüße flackernd entsenden. Aber in das westliche der sieben Zimmer wagt sich keine der Masken mehr hinein; denn es ist schon tief in der Nacht und ein grelles Licht dringt durch die scharlachroten Scheiben; und die Düsterkeit der schwarzen Draperien tritt immer erschreckender hervor, und dem, der es wagt, seinen Fuß auf den schwarzen Teppich zu setzen, klingt das dumpfe Ticken der Uhr warnender, feierlicher ins Ohr, als denen, die sich in den anderen Gemächern der lauten Fröhlichkeit überlassen.

Aber in den übrigen sechs Gemächern herrschte ein dichtes Gedränge, und fieberhaft pulste dort der

Herzschlag des Lebens. Der Festrausch stieg höher und höher, bis endlich die Uhr die Mitternachtsstunde zu schlagen begann.

Und nun, wie bei jedem Stundenschlag, bricht die Musik plötzlich ab; die Tanzenden bleiben starr stehen, überall tritt, wie vorher, eine unheimliche Ruhe ein.

Aber diesmal waren es zwölf Schläge, die von der Uhr ertönten, und daher kam es auch wohl, daß in der längeren Zeit den Nachdenklicheren unter den Festgenossen tiefere und ernstere Gedanken kamen. Und daher kam es auch wohl, daß, noch ehe der letzte Schlag in der Stille verklungen war, mehrere aus der Menge sich der Gegenwart einer maskierten Gestalt bewußt wurden, die bis dahin noch keiner von ihnen bemerkt hatte. Als das Gerücht von der Anwesenheit dieser neuen Erscheinung flüsternd die Runde gemacht, ertönte aus der ganzen Gesellschaft ein Murmeln des Staunens, der Mißbilligung – das sich endlich zu einem Ausdruck des Schreckens, des Entsetzens und des Abscheus steigerte.

Es läßt sich denken, daß es schon eine ganz ungewöhnliche Maske sein mußte, die in einer so phantastisch gekleideten Gesellschaft eine derartige Erregung hervorbringen konnte. Die Maskenfreiheit war in der Tat für jene Nacht fast unbeschränkt, aber die unbekannte Erscheinung ging sogar über

Die Maske des roten Todes

des Prinzen weitgehendste Erlaubnis hinaus. Selbst in den leichtfertigsten, frivolsten Herzen gibt es Saiten, bei deren Berührung der Mensch erbebt. Und selbst für die Verlorenen, denen Leben und Tod nur noch ein Spott sind, gibt es Dinge, die sie nicht zu ihrem Gespött machen wollen. Die ganze Gesellschaft schien auch hier von dem Gefühl durchdrungen, daß in dem Kostüm und dem Auftreten des Fremden weder Geist noch die geringste Empfindung für Schicklichkeit zu erkennen sei. Seine Gestalt war lang und hager und vom Kopf bis zu den Füßen in Leichentücher gehüllt. Die Maske, die sein Gesicht verhüllte, war so getreu dem Angesicht eines schon erstarrten Leichnams nachgebildet, daß man auch bei genauester Prüfung die Täuschung kaum erkennen konnte. Doch dies alles hätten die tollen Festgenossen – vielleicht nicht gebilligt, aber doch noch erträglich gefunden. Aber der Vermummte war so weit gegangen, den Typus des roten Todes anzunehmen. Die Laken, die ihn umhüllten, waren mit den grauenhaften scharlachroten Flecken besprenkelt.

Als die Augen des Prinzen Prospero die gespenstische Erscheinung erblickten, welche mit langsamen, feierlichen Schritten, als wolle sie ihre Rolle möglichst gut markieren, zwischen den Tanzenden auf und ab schritt, bemerkte man, daß er im ersten Augenblick in heftigem Schauder, voll Schrecken oder Abscheu, zusammenzuckte. Doch dann stieg ihm die Zornesröte ins Gesicht.

„Wer wagt es", fragte er mit heiserer Stimme die Höflinge in seiner Nähe, „uns durch diesen gotteslästerlichen Spott zu beleidigen? Ergreift ihn und reißt ihm die Maske ab, damit wir sehen, wen wir bei Sonnenaufgang an den Zinnen des Schlosses aufhängen lassen!"

Der Prinz befand sich im östlichen oder blauen Zimmer, als er diese Worte sprach. Sie tönten laut und klar durch die sieben Räume – denn der Prinz war ein kühner, kraftvoller Mann, und die Musik hatte ein Wink seiner Hand zum Schweigen gebracht.

In dem blauen Zimmer also stand der Prinz, umgeben von einer Schar Höflinge, denen das Blut aus dem Antlitz gewichen war. Als er zu sprechen begonnen hatte, machte sich in der Gruppe eine leichte Bewegung auf den Eindringling zu bemerkbar, der in diesem Augenblick ebenfalls in der Nähe war und jetzt mit gemessenen, majestätischen Schritten auf den Sprecher zutrat. Aber die wahnsinnige Vermessenheit des Vermummten flößte der ganzen Gesellschaft ein so namenloses Entsetzen ein, daß niemand es wagte, Hand an ihn zu legen. Ohne daß ihn jemand aufgehalten hätte, trat er bis auf zwei Schritte an den Prinzen heran, und während die Höflinge wie von einem Gefühl der Angst getrieben aus der Mitte der Zimmer an die Wände zurückwichen, durchschritt er ungehindert, mit demselben feierlichen, gemessenen Schritt, mit dem er gekommen, das blaue Zimmer, dann das purpurne, das grüne, das orangefarbene, das weiße, das violette. Niemand machte eine Bewegung, bis plötzlich Prinz Prospero, rasend vor Wut und Scham über seine eigene, unerklärliche Feigheit – obwohl ihm niemand von den Höflingen zu folgen wagte, so sehr hatte sie der Schreck gelähmt – durch die sechs Zimmer stürzte. Er schwang einen Dolch und war der vor ihm herschreitenden Gestalt schon auf drei oder vier Fuß nahegekommen, als diese gerade das Ende des schwarzen Gemaches erreicht hatte, sich plötzlich umwandte und den Verfolger anblickte. Ein gellender Schrei erscholl, der Dolch fiel blitzend auf den schwarzen Teppich nieder, auf den einen Augenblick später Prinz Prospero tot hinsank. Nun raffte sich endlich eine Schar der Festgenossen auf! Sie drangen in das schwarze Gemach, ergriffen den Vermummten, dessen hohe Gestalt aufrecht und bewegungslos im Schatten der Ebenholzuhr stand – aber! in wahnsinnigem Entsetzen schrien sie auf, als sie fühlten, daß die Grabgewänder und die Leichenmaske, die sie mit so rauher Gewalt gepackt, keine Gestalt eingehüllt hatten, die greifbar war!

Und nun erkannten sie die Gegenwart des – roten Todes. Er war gekommen wie ein Dieb in der Nacht.

Die Maske des roten Todes

Und einer nach dem anderen sanken die Gäste des Prinzen Prospero in den blutbedeckten Sälen ihrer Lustbarkeit dahin und starben in der verzweifelten Stellung, in der sie niedergesunken waren. Die Ebenholzuhr stand mit dem Tode des letzten der Fröhlichen still. Die Flammen der Dreifüße verloschen. Und Finsternis und Verwesung legten sich über das Totenschloß.

Der Untergang des Hauses Usher

> *Son cœur est un luth suspendu:*
> *Sitôt qu'on le touche, il résonne.*
> De Béranger

AN EINEM DUNKLEN STUMMEN HERBSTTAG, an dem die Wolken tief und schwer fast bis zur Erde herabhingen, war ich lange Zeit durch eine eigentümlich trübe Gegend geritten und sah endlich, als sich schon die Abendschatten niedersenkten, das Stammhaus der Familie Usher vor mir. Ich weiß nicht, wie es kam: gleich beim ersten Anblick der Mauern breitete sich eine unerträgliche Düsterkeit über meine Seele. Ich sage eine unerträgliche Düsterkeit, weil sie keinen Augenblick lang durch jene beinah angenehme Empfindung gemildert wurde, mit der das Gemüt eines Menschen, der die Dinge künstlerisch schaut, selbst die wüstesten Bilder der Verödung und des Schreckens in sich aufzunehmen pflegt. Ich betrachtete das vor mir liegende Gebäu-

Der Untergang des Hauses Usher

de mit seiner einfachen landschaftlichen Umgebung – die frostigen Mauern, die leeren Fensterhöhlen, die wie erloschene Augen starrten, ein paar Büschel steifer Binsen, ein paar schimmernde Stämme verdorrender Bäume – mit einem Gefühl so tiefer Niedergeschlagenheit, daß ich sie mit keiner anderen Stimmung auf dieser Welt vergleichen könnte als mit dem trostlosen Erwachen des Opiumessers aus seinem Rausch, mit dem scheußlichen Augenblick, wenn der schimmernde Schleier langsam zerreißt und die Alltagswelt wieder grau und frostig dasteht. Öde, versunkene Trauer lag über dem Stammsitz und teilte sich mir mit: eine müde Melancholie glitt in mich hinein und ließ kein phantastisches Bild in mir aufleben. Was mochte es sein – ich hielt mein Pferd an, um darüber nachzudenken – was mochte es sein, das mich bei der Betrachtung des Hauses Usher mit so entnervender Macht anfiel? Es schien mir, als wäre es ein undurchdringliches Geheimnis, und vergebens bemühte ich mich, die schattenhaften Phantasiegebilde, die durch meinen Geist und meine Grübeleien zogen, zu verscheuchen. Ich kam nicht über den unbefriedigenden Schluß hinaus, daß es ohne Zweifel in der Natur gewisse Verbindungen einfacher Gegenstände gibt, welche die Macht haben, eine solche niederdrückende Wirkung auszuüben, während die Bedingungen, unter denen diese Macht entsteht, unserem Erkenntnisvermögen entzogen sind. Es war ja möglich, so grübelte ich weiter, daß schon eine bloße veränderte Anordnung der einzelnen Bestandteile der Landschaft, der Eigentümlichkeiten des Gesamtbildes, genügen konnte, den trauervollen Eindruck zu mildern oder vielleicht sogar ganz aufzuheben. Dieser Gedanke bestimmte mich, mein Pferd an das steile Ufer eines finstern Teiches zu lenken, der in unheimlicher Regungslosigkeit das ganze Gebäude umgab. Ich beugte mich vor, starrte in den schwarzen Glanz und erblickte, von einem noch heftigeren Schauder erfaßt, das umgekehrte Spiegelbild der steifen Binsen, der gespenstischen Baumstümpfe und der leeren Fensterhöhlen, die wie erloschene Augen starrten.

Und dennoch hatte ich vor, in dieser Heimstätte der Trauer einen mehrwöchigen Aufenthalt zu nehmen. Der Besitzer des Hauses, Roderich Usher, war in meiner Knabenzeit einer meiner vertrautesten Gefährten gewesen, doch jetzt waren viele Jahre verflossen, seit wir uns zum letzten Mal gesehen. Da hatte ich vor kurzer Zeit in einem abgelegenen Bezirk des Landes einen Brief von ihm erhalten, der in seiner seltsam ungestümen Abfassung keine andere als eine persönliche Antwort zuließ. Die Handschrift zeugte von nervöser Aufregung, der Schreiber erzählte von einer heftigen körperlichen Erkrankung, von einer geistigen Angegriffenheit, die ihn niederdrückte, und sprach das sehnsüchtige Verlangen aus, mich als seinen besten und in der Tat einzigen persönlichen Freund bald wiederzusehen, weil er hoffe, daß meine Gegenwart ihm einige Erleichterung und Aufheiterung verschaffen werde. Die Art und Weise, in der alles dies und noch manches andere gesagt worden war, das wirkliche Herzensbedürfnis, das aus seiner Bitte geklungen, gestattete mir nicht, zu zögern, und ich leistete seiner Aufforderung, obwohl sie mir verwunderlich und eigentümlich genug erschien, unverzüglich Folge.

Obwohl wir in der Jugend sehr vertraute Kameraden gewesen, wußte ich fast nichts über die Lebensverhältnisse meines Freundes, da er von seinen persönlichen Angelegenheiten immer nur mit großer Zurückhaltung gesprochen hatte. Doch hatte ich einmal gehört, daß seine sehr alte Familie schon seit undenklichen Zeiten bekannt sei wegen einer besonderen Reizbarkeit des Temperamentes, die ihre Bestätigung im Laufe der Jahrhunderte in manchem erlesenen Kunstwerke gefunden; und in jüngster Zeit sollte sie sich durch wiederholte Akte einer großartigen geheimen Wohltätigkeit sowie durch eine leidenschaftliche Neigung zur Musik geäußert haben – das heißt mehr zu den schwierigen Verschlingungen und theoretischen Schönheiten, als zu den althergebrachten und leichtverständlichen Reizen dieser Kunst. Außerdem war mir die merkwürdige Tatsache bekannt, daß sich von dem Stammbaum der Familie Usher, die zu allen Zeiten in hohem Ansehen gestanden, niemals eine länger fortbestehende Seitenlinie abgezweigt hatte; mit anderen Worten, daß die ganze Familie ihre Abstammung in direkter Linie herleiten konnte, und daß dies mit sehr geringen, vorübergehenden Abweichungen immer so gewesen sei. Während ich nun über die Tatsache nachgrübelte, daß sich mangels eines solchen Seitenzweiges das Besitztum der Usher stets ganz und ungeteilt vom Vater auf den Sohn vererbt hatte, kam mir erst recht zum Bewußtsein, wie es möglich gewesen, daß sich auch die bekannten Charaktereigentümlichkeiten der Mitglieder der Familie so ungeschmälert durch die Jahrhunderte hindurch erhalten, und ich erwog den möglichen Einfluß, den diese beiden Tatsachen gegenseitig aufeinander ausgeübt haben könnten. Eine Folge dieser unabänderlichen Übertragung des Grunderbes vom Vater auf den Sohn war ohne Zweifel der Umstand, daß der Name und das Besitztum der Familie so miteinander verschmolzen waren, daß der ursprüngliche Titel der Besitzung sich in die seltsame und doppelsinnige Benennung „das Haus Usher" umgewandelt hatte, mit der die Bauern die Familie sowohl als auch das Stammschloß zu gleicher Zeit bezeichneten.

Ich sagte schon, daß mein ein wenig kindliches Unterfangen – in den finsteren Spiegel des Teiches hinunterzublicken – nur den Erfolg hatte, den ersten rätselhaften Eindruck, den mir das Ganze gemacht, zu verstärken. Wahrscheinlich trug der Umstand, daß sich mein fast abergläubisches Erschrecken – weshalb soll ich es nicht so nennen – fortwährend und rasch steigerte, nicht wenig dazu bei, jenen verstärkten Eindruck hervorzurufen. Dies ist, wie bekannt, das paradoxe Gesetz aller Gefühle, die in einer Furchtempfindung wurzeln. Und vielleicht die alleinige Ursache, daß sich meiner, als ich meine Blicke von dem Teich wieder zu dem Schloß erhob, ein seltsamer Wahn bemächtigte – ein so törichter Wahn, daß ich überhaupt nur von ihm rede, um die Heftigkeit meiner Empfindungen annähernd zu beschreiben. Meine Phantasie war so überreizt, daß ich wirklich zu sehen glaubte, wie das ganze Gebäude und seine nächste Umgebung in eine besondere, nur ihnen eigentümliche Atmosphäre gehüllt waren, eine Atmosphäre, die sich durchaus nicht mit der gewöhnlichen Himmelsluft zu vermischen schien, sondern von den verdorrenden Bäumen, den grauen Mauern und dem schweigenden Teiche aufstieg – wie ein giftiger, mystischer Hauch, bleifarben, trübe, schwer und doch kaum erkennbar.

Ich bemühte mich, diese Wahngebilde, die ich nur für die Ausgeburt meiner traumhaften Versunkenheit halten konnte, von mir abzuschütteln und betrachtete eingehend das wirkliche Äußere des Schlosses. Auf den ersten Blick erkannte man, daß es schon außerordentlich alt sein mußte. Es war sehr verwittert, kleine Pilze überwucherten es nach allen Richtungen hin und hingen wie ein zartes Spinngewebe von den Dachrinnen herunter. Doch im übrigen war von einem Verfall der Baulichkeiten nichts weiter zu bemerken. An keiner einzigen Stelle schien das Mauerwerk eingesunken, und der zerbröckelnde Zustand der einzelnen Steine stand mit der Bewohnbarkeit der Gebäude in seltsamem Widerspruch. Die Fassade erinnerte mich lebhaft an reiches Holzgetäfel, das lange Zeit, von keinem Hauch der äußeren Luft berührt, in einer verlassenen Halle gelegen und sein wohlerhaltenes Aussehen bewahrt hat. Außer diesen leichten Anzeichen von Verwitterung verriet das Schloß an keiner Stelle Spuren von Baufälligkeit. Vielleicht wäre dem Auge eines scharfen Beobachters ein kaum bemerkbarer Riß nicht entgangen, der an der Vorderseite des Gebäudes am Dach begann und in einer Zickzacklinie das ganze Mauerwerk bis herunter in das trübe Wasser des Teiches durchlief.

Während ich noch mit der Betrachtung dieser Einzelheiten beschäftigt war, ritt ich auf einem kurzen, gepflasterten Weg bis dicht vor das Haus. Ein Diener, der mich zu erwarten schien, übernahm mein Pferd, und ich selbst trat unter den großen gotischen Bogen der Halle. Von hier aus führte mich ein Lakai mit leisen Schritten durch verschiedene düstere und gewundene Korridore in das Studierzimmer seines Gebieters. Zahlreiche Gegenstände, die ich auf dem Weg erblickte, trugen dazu bei, jene seltsamen Empfindungen, von denen ich schon gesprochen, wieder zu verstärken. Das Schnitzwerk der Plafonds, die düsteren Wandverkleidungen, die ebenholzartigen, dunklen Fußböden und die phantastisch zusammengestellten Wandschirme, die bei jedem meiner Schritte rasselten, waren doch nur Dinge, an die ich von Kindesbeinen an gewöhnt war, und ich staunte nicht wenig darüber, daß ein so bekannter Anblick so unbekannte Empfindungen in mir wachrufen konnte. Auf einem der Treppenabsätze traf ich den Hausarzt. Ich glaubte auf seinem Gesicht den Ausdruck niedriger Verschmitztheit und doch auch wieder kläglicher Ratlosigkeit zu lesen. Er begrüßte mich ziemlich unsicher und ging seiner Wege. Jetzt warf der Diener eine Tür auf und führte mich bei seinem Herrn ein.

Das Gemach, in dem wir uns befanden, war sehr groß und hoch. Die Fenster waren lang und schmal, liefen in Spitzbögen aus und befanden sich in solcher Höhe über dem schwarzen, eichenen Fußboden, daß sie von unten her nicht erreichbar waren. Durch die vergitterten Scheiben drang ein matter, rötlicher Schimmer, der gerade hinreichte, die mehr hervortretenden Gegenstände im Zimmer ziemlich deutlich erkennbar zu machen. Dagegen versuchte das Auge vergeblich, bis in die entfernteren Winkel des Raumes oder in die Bögen der gewölbten, reich verzierten Decke zu dringen. Die Wände waren mit dunklen Draperien bekleidet, die Ausstattung schien im allgemeinen reich, doch nicht traulich, sie war alt und an vielen Stellen schadhaft. Zahlreiche Bücher und Musikinstrumente lagen verstreut umher, ohne jedoch dem Ganzen einen wärmeren, wohnlicheren Anblick zu verleihen. Ich fühlte, daß ich eine gramgeschwängerte Luft einatmete. Ein Hauch bitterer, starrer, nicht zu bannender Düsterkeit bedeckte und durchdrang alles.

Bei meinem Eintritt erhob sich Usher von einem Diwan, auf dem er ausgestreckt gelegen, und empfing mich mit so lebhafter Wärme, daß ich sie im ersten Augenblick für die übertriebene Herzlichkeit, die erkünstelte Liebenswürdigkeit eines blasierten Weltmannes hielt. Doch überzeugte mich ein Blick in sein Angesicht, daß seine Worte vollkommen aufrichtig gemeint waren. Wir setzten uns, und da er einige Augenblicke lang nicht sprach, betrachtete ich ihn, während mich ein aus Mitleid und Erschrecken seltsam gemischtes Gefühl ergriff. Noch nie war mit einem Menschen in so verhältnismäßig kurzer Zeit eine gleich gräßliche Veränderung vorgegangen, wie mit Roderich Usher! Mein Geist sträubte sich gegen die Vorstellung, daß die bleiche Gestalt da vor mir und der vertraute Gefährte meiner Jugendjahre ein und dieselbe Person seien! Und doch war schon damals der Ausdruck seines Gesichtes merkwürdig gewesen. Eine leichenhafte Blässe – große klare, unvergleichlich leuchtende Augen – schmale, bleiche, doch unübertrefflich schön geschwungene Lippen – die Nase von edelstem jüdischen Schnitt, mit eigentümlich breiten Nüstern, die man sonst nie mit diesem Typus vereinigt findet – ein schön modelliertes Kinn, dessen Zurücktreten auf einen Mangel an Energie schließen ließ – spinnwebfeines, seidenweiches Haar – alle diese Einzelheiten bildeten mit seinen ungewöhnlich breit ausladenden Schläfen ein Antlitz, das man, wenn man es einmal gesehen, nicht so leicht wieder vergessen konnte. Jetzt hatte sich bloß durch ein schärferes Hervortreten der charakteristischen Eigentümlichkeiten dieses Gesichtes und seines Ausdrucks eine solche Veränderung im Aussehen meines Freundes vollzogen, daß ich fast zweifelte, wirklich ihn vor mir zu sehen. Die gespenstische Blässe seines Angesichtes, das nicht mehr natürliche Glänzen seiner Augen beunruhigten und erschreckten mich am meisten. Sein seidenweiches Haar hatte er ungepflegt lang wachsen lassen, wie seltsames Spinngewebe umhing es seine

Züge, und vergebens bemühte ich mich, die rätselhaften Arabesken, die es bildete, als etwas einfach Menschliches hinzunehmen.

Gleich bei den ersten Worten, die ich mit meinem Freund wechselte, fiel mir ein Mangel an Zusammenhang, ein Widerspruch in seinem Wesen auf, und ich entdeckte bald, daß dies seinen Grund in wiederholten, nur schwachen und ganz vergeblichen Anstrengungen hatte, eine zur Gewohnheit gewordene ängstliche Unschlüssigkeit, eine außerordentlich starke, nervöse Aufregung zu meistern. Ich war allerdings auf etwas Derartiges vorbereitet, nicht allein durch seinen Brief, sondern auch durch gewisse Eigentümlichkeiten seines Temperaments, die ich noch von unserer Knabenzeit her an ihm kannte, sowie durch verschiedene Schlüsse, die ich aus der eigentümlichen Beschaffenheit seiner körperlichen und geistigen Konstitution gezogen hatte. Seine Bewegungen waren abwechselnd lebhaft und träge, seine Rede ging oft unvermittelt von zögernder Unschlüssigkeit zu straffer Kürze über – er sprach in wuchtigen, gemessenen Tönen, um gleich darauf wieder in jene gaumigen, schwerfälligen, ungenügend modulierten Laute zu verfallen, die man nur von verkommenen Trunkenbolden oder von unverbesserlichen Opiumessern vernimmt.

In dieser Weise sprach er von dem Zweck meines Besuches, von seinem sehnsüchtigen Verlangen, mich zu sehen, und von der tröstlichen Aufheiterung, die er von mir erwarte. Dann redete er eingehend über die Natur seiner Krankheit, die, wie er sagte, ein angeborenes und ererbtes Familienübel sei, für das wohl kein Kraut gewachsen wäre. „Übrigens", fügte er dann unmittelbar hinzu, „ist es wohl doch bloß eine einfache nervöse Angegriffenheit, die bald vorübergehen wird."

Diese „nervöse Angegriffenheit" äußerte sich bei meinem Freund in unnatürlichen Erregungen der verschiedensten Art. Er beschrieb mir einige derselben, und ich horchte mit gespanntestem Interesse, ja, mit tiefer Bestürzung sowohl auf das, was er sagte, wie auf die Art und Weise, wie er sprach. Er litt an einer krankhaften Verschärfung aller seiner Sinne, nur durchaus ungewürzte, fade Speisen waren ihm erträglich, er konnte nur Kleider von ganz bestimmtem Gewebe tragen, Blumenduft belästigte ihn aufs unangenehmste, Licht, selbst schwaches, tat seinen Augen weh, und nur die Töne von Saiteninstrumenten vermochte er ohne Schmerz anzuhören.

Bald bemerkte ich auch, daß er einem ganz unnatürlichen Gefühl von Furcht sklavisch unterworfen war.

„Ich werde", rief er, „ich muß an dieser beklagenswerten Torheit zugrunde gehen. So und nicht anders werde ich sterben. Ich fürchte mich vor manchen zukünftigen Ereignissen, und zwar nicht sowohl um ihrer selbst als um ihrer Folgen willen. Der bloße Gedanke an irgendeinen, wenn auch geringfügigen Vorfall, der mich in diese unerträgliche Gemütserregung versetzen würde, macht mich schaudern. Und doch fürchte ich mich wirklich nicht vor irgendeiner Gefahr, sondern nur vor ihrer unausbleiblichen Folge: dem Schrecken. Ich fühle deutlich, daß in diesem entnervten, bejammernswerten Zustand früher oder später der Zeitpunkt eintreten wird, wo ich im Kampf mit dem gräßlichen Hirngespinste ‚Furcht' Vernunft und Leben verlieren werde."

Nach und nach ließen mich abgebrochene, unbestimmte Andeutungen noch eine andere Eigentümlichkeit seines geistigen Zustandes erkennen. Gewisse abergläubische Vorstellungen fesselten ihn so eng an das Haus seiner Väter, daß er schon seit langen Jahren nicht mehr gewagt hatte, dasselbe zu verlassen. Verschiedentlich deutete er mir den Einfluß, den seine Umgebung auf ihn ausübe, an, jedoch immer in so vagen, schattenhaften Worten, daß ich sie nicht wiederholen kann. Er glaubte etwa, daß gewisse Besonderheiten in der Bauart und dem Material seines Stammschlosses, in Verbindung oder vielmehr mittels seines langen Leidens, wie er sich ausdrückte, eine Wirkung auf seinen Geist ausübten – eine Wirkung, die von den physikalischen Bestandteilen der grauen Mauern und Türme und des schwärzlichen Teiches, in dem sich alles widerspiegelte, ausging und nach und nach sein geistiges Dasein in Mitleidenschaft gezogen habe.

Doch gab er, wenn auch zögernd zu, daß die trauervolle Verdüsterung seines Gemütes noch einen anderen, natürlichen Grund habe, nämlich die schwere, langwierige Krankheit, ja, den offenbar nahe bevorstehenden Tod seiner zärtlich geliebten Schwester, seiner letzten und einzigen Verwandten – der einzigen Gefährtin seiner letzten, trostreichen Jahre. „Ihr Abschied von dieser Welt", sagte er mir mit einer Bitterkeit, die ich nie werde vergessen können, „wird mich, den Hoffnungslosen, als den letzten der Usher zurücklassen." Während er sprach, schritt Lady Magdalena, die Schwester, im Hintergrund des Gemaches langsam vorüber und verschwand, ohne mich bemerkt zu haben. Ich betrachtete sie mit erschrecktem Staunen und konnte mir über meine Gefühle keine Rechenschaft geben. Wie eine Erstarrung legte es sich über mich, während meine Augen ihrer entschwebenden Gestalt folgten. Als die Tür sich hinter ihr geschlossen, richtete ich meine Blicke unwillkürlich auf ihren Bruder, aber er hatte sein Gesicht in den Händen vergraben, und alles, was ich bemerken konnte, war, daß seine abgemagerten Finger noch bleicher als gewöhnlich schienen, und manche bittere Träne zwischen ihnen hervorquoll.

Lange hatte die Krankheit der Lady Magdalena der Kunst ihrer Ärzte gespottet. Eine anhaltende Spannung, eine stetig fortschreitende Entkräftung des ganzen Körpers und häufige, wenn auch vorübergehende Anfälle von meist kataleptischer Natur – so lautete die ungewöhnliche Diagnose. Bisher hatte sie dem Ansturm der Krankheit standhaft Trotz geboten und war nicht bettlägerig geworden. Am Tage meiner Ankunft jedoch schien ihre Kraft aufgebraucht, sie konnte, wie mir ihr Bruder am Abend mit unaussprechlicher Aufregung mitteilte, der zerstörenden Gewalt des Übels nicht länger widerstehen. Ich erfuhr, daß der flüchtige Anblick, den ich von ihrer Person erhascht, wohl auch der letzte bleiben, daß ich die Lady, bei ihren Lebzeiten wenigstens, nicht mehr sehen würde.

In den folgenden Tagen wurde ihr Name weder von Usher noch von mir mehr erwähnt; ich bemühte mich unterdessen eifrig, meinen Freund wenigstens in etwa seiner schwermütigen Versunkenheit zu entreißen. Wir malten und lasen miteinander, oder ich lauschte traumversunken seinen seltsamen leidenschaftlichen Phantasien auf der Gitarre. Und wie unsere Vertraulichkeit wuchs und inniger wurde, und er mir alle Verborgenheiten seiner Seele immer unverhüllter zeigte, mußte ich mit tiefer Bitterkeit erkennen, wie nichtig alle meine Versuche sein würden, ein Gemüt aufzuheitern, dem die Schwermut so angeboren war, daß sie aus ihm alle Dinge der geistigen und körperlichen Welt mit düsterer, unheilvoller Glut überschien.

Solange ich lebe, wird mich die Erinnerung an die vielen feierlichen Stunden, die ich mit dem letzten der Usher allein verbrachte, nie verlassen. Doch würde es mir nicht gelingen, die Studien und die Lektüre, in die er mich einführte, genauer zu kennzeichnen. Sein aufgeregter, nie befriedigter Idealismus flackerte wie ein grelles, schwefelgelbes Licht um die Dinge, von denen er sprach. Seine langen, improvisierten Totenlieder werden mir ewig in den Ohren klingen, nie wird meinem Gedächtnis eine seltsame Paraphrase über „Carl Maria von Webers letzter Gedanke" entschwinden. Die Malereien, die seine immertätige Phantasie entstehen ließ, waren von einer seltsamen Unbestimmtheit, die mir einen Schauer erregte, der nur um so durchdringender, heftiger war, als ich mir seine Ursache nicht recht zu erklären wußte. Und obschon die Bedeutung jedes dieser Bilder lebhaft und deutlich vor meinen Augen steht, würde es mir doch nur zum ganz geringen Teil gelingen, dieselbe in geschriebenen Worten wiederzugeben. Durch die höchste Einfachheit, welche in seinen Bildern die „Idee" nackt zum Ausdruck brachte, erregte und fesselte er die Aufmerksamkeit. Wenn es je einem Sterblichen gelang, eine „Idee" zu malen, so war es Roderich Usher. Mich wenigstens erfüllten die reinen Abstraktionen, die dieser Melancholiker auf die Leinwand warf, mit unerträglichem, angstvollem Schauder, wie ich ihn nie wieder, nicht einmal bei den gewiß glühenden und doch immer noch zu wirklichen Träumereien Füßlis, empfunden habe.

Ich möchte hier eine der phantastischen Schöpfungen meines Freundes, die nicht so starr abstrakt war, wie die meisten übrigen, wenn auch nur durch einen schattenhaften Versuch, in Worten wiedergeben. Ein kleines Gemälde stellte das Innere eines unendlich langen, rechtwinkligen Gewölbes oder Tunnels dar, dessen niedrige, glatte, weiße Mauern sich ohne jeden Absatz oder Verzierung, ohne jede Unterbrechung hinzogen. Gewisse Nebendinge in der Zeichnung deuteten an, daß sich dies Gewölbe tief unten in der Erde befinde. An keiner Stelle der erschreckend monotonen Längsseiten war ein Ausgang zu entdecken, keine Fackel oder sonst eine künstliche Lichtquelle erhellte den schauerlichen Raum, den dennoch eine Flut greller Strahlen durchwogte und mit gespenstischem, rätselhaftem Scheine erfüllte.

Ich habe schon einmal von einem krankhaften Zustand der Gehörnerven gesprochen, welche dem Leidenden jede andere Musik als die von Saiteninstrumenten unerträglich machte. Vielleicht trugen

die engen Grenzen, in denen er die Kunst pflegte –
er spielte nur die Gitarre – dazu bei, allem, was ich
an Musik im Hause Usher hörte, einen phantastischen Charakter zu verleihen. Seine Impromptus
waren von glühendem Schwung, die Musik sowohl
als auch die Verse, die er ihnen oft aus dem Stegreif
unterlegte. Sie konnten nur jener stärksten geistigen
Spannung, jener Konzentration entspringen, welche die menschliche Seele in den Augenblicken
höchster künstlerischer Erregung empfindet. Ich erinnere mich der Worte einer dieser Rhapsodien
noch vollständig. Vielleicht machte sie hauptsächlich deshalb solchen Eindruck auf mich, weil ihr
mystischer Sinn mich zum ersten Male erkennen
ließ, daß Usher sich vollkommen darüber klar sei,
wie sehr seine erhabene Vernunft auf ihrem Throne
wanke. Diese Rhapsodie, welche die Überschrift
„Das verwunschene Schloß" trug, lautete, wenn
nicht genau, so doch ungefähr folgendermaßen:

Inmitten einer lieblichen Au,
Die sonniges Licht übergoß,
Erhob sich einst ein stattlicher Bau,
Ein schönes, strahlendes Schloß.
Das Reich, wo es sich luftig erhob,
War des Königs ‚Gedanke' Land,
Und Seraphschwingen waren darob
Unsichtbar ausgespannt.

Der Untergang des Hauses Usher

Goldgelbe Banner aus Damast,
Gebadet in Sonnenglut,
Wallten schimmernd herab vom Palast,
Wie eine goldene Flut.
Und jeder schmeichlerische Zephir
Der mit den Blüten dort
Gekost, flog aus dem Zauberrevier
Als Wohlgeruch wieder fort.

Die Wanderer blickten in jenem Tal
Durch Fenster aus leuchtendem Glas
In einen hohen, blendenden Saal,
Wo des Reiches Gebieter saß.
Sein Thron mit purpurnem Baldachin
War ganz aus Edelstein,
Und Genienscharen umschwebten ihn
Zu lieblichen Melodein.

Mit Perlen und Rubinen besät
War des Palastes Portal,
Durch dieses flatterte früh und spät
Ein Echoschwarm ohne Zahl
vor den König hin, indem es ihm
Seiner hohen Weisheit zum Preis
Einen Chorus sang, wie Seraphim
So süß und träumerisch leis.

Doch wüstes Volk in der Sorge Gewand
Nahm Thron und Reich in Beschlag –
Weh, nie mehr dämmert in jenem Land
Der Tag, weh, nimmer ein Tag!
Und alles, alles, was dort umher
Gepranget an Herrlichkeit,
Ist jetzund eine traumhafte Mär
Aus lang begrabener Zeit.

Jetzt zeigen sich des Wanderers Blick
Gestalten, knöchern und starr,
Und schwingen sich zu toller Musik
In Reigen wild und bizarr,
Dieweil gleich einem lautlosen Strom
Sich in die ewige Nacht
Zur Tür hinausstürzt Phantom um Phantom
Und nimmermehr lächelt – doch lacht!

Ich erinnere mich sehr wohl, daß diese Ballade uns zu gewissen Gedanken anregte, denen Usher bald leidenschaftlichen Ausdruck lieh. Ich erwähne sie nicht, weil ich sie für neu halte, sondern wegen der Hartnäckigkeit, mit der Usher immer und immer wieder auf sie zu sprechen kam. Im allgemeinen bezog sich diese Ansicht auf das Empfindungsvermögen der Pflanzen. Doch hatte sich diese Idee in seiner überreizten Phantasie fast ins Unbegrenzte fortgesponnen, er hatte sie auf die unorganischen

Stoffe übertragen. Ich finde die Worte nicht, um seine Ansicht ihrer vollen Bedeutung nach, und den Ernst, mit dem er sie vertrat, zu schildern. Sie stand, wie ich schon andeutete, mit den grauen Mauern seines Stammschlosses in Verbindung. Er behauptete, die Bedingungen jenes Empfindungsvermögens seien hier erfüllt worden – durch die Art und Weise, wie man die Steine zusammengefügt, wie man den Plan der Mauern entworfen – durch die vielen Schwämme und Pilze, die sie allenthalben überwucherten – durch die vermodernden Bäume, vor allem aber durch das lange, ungestörte Bestehen der ganzen Besitzung und die fortwährende Spiegelung des Hauses in dem Teiche. Der augenscheinliche Beweis für jenes Empfindungsvermögen liege – hier versetzten mich seine Worte in grenzenlose Bestürzung – in der allmählichen, aber sicher fortschreitenden Verdichtung der über dem Teiche und dem Gebäude lagernden Atmosphäre. Das Ergebnis sei in dem stillen, aber schreckensvollen Einfluß unverkennbar, den diese Umgebung schon seit Jahrhunderten auf das Schicksal seiner Familie gehabt und die das aus ihm gemacht habe, was ich nun vor mir sähe. Solche Ansichten lassen sich nicht erläutern, und ich will auch nicht versuchen, es zu tun.

Die Bücher, welche nicht den kleinsten Teil des geistigen Lebens des Kranken gebildet hatten, stimmten, wie man sich denken kann, mit seinem Hang zum Phantastischen vollkommen überein. Wir grübelten zusammen über Werke wie: „Ververt und Chartreuse" von Gresset, „Belphegor" von Macchiavelli, „Himmel und Hölle" von Swedenborg, – über „die unterirdische Reise des Nikolas Klimm" von Holberg, die „Chiromantie" von Robert Flud, von Jean d'Indaginé und von De la Chambre; über Ludwig Tiecks „Reise ins Blaue", über „die Stadt der Sonne" des Campanella. Ein Lieblingsbuch meines Freundes war eine kleine Oktavausgabe über das Directorium Inquisitorium des Dominikaners Eymeric de Gironne; und über manche Stellen im Pomponius Mela, die sich auf die alten afrikanischen Feld- und Waldgeister beziehen, konnte sich Usher in stundenlange Träumereien verlieren. Das höchste Entzücken jedoch gewährte ihm das Durchblättern eines äußerst seltenen, merkwürdigen Buches in gotischem Querformat – es war das Handbuch einer vergessenen Kirche, die „Vigiliae Mortuorum, secundum Chorum Ecclesiae Maguntinae".

Ich dachte viel über das seltsame Ritual dieses Werkes und seinen vermutlichen Einfluß auf den Melancholiker nach, als dieser mir plötzlich eines Abends die Mitteilung machte, daß Lady Magdalena verschieden sei. Er teilte mir mit, daß er beschlossen habe, ihren Körper vierzehn Tage lang, bis zu ihrer endgültigen Bestattung, in einem der zahlreichen Gewölbe, die sich zwischen den Grundmauern des Schlosses befanden, aufzubewahren. Der Grund, den er für dies sonderbare Vorgehen angab, war so eigentümlicher Art, daß ich mich nicht berechtigt fühlte, ihm davon abzuraten. Er war, wie er mir sagte, in Anbetracht des ungewöhnlichen Charakters der Krankheit seiner Schwester sowie gewisser zudringlicher Fragen der Ärzte zu diesem Entschluß gekommen, den der Umstand, daß die Familiengruft sehr entfernt und schutzlos läge, nur bestärkt habe. Ich muß gestehen, daß die Erinnerung an das wenig vertrauenerweckende Aussehen des Arztes, dem ich am Tage meiner Ankunft auf der Treppe begegnet, jeden Einwand, der mir vielleicht gekommen wäre, noch besonders zurückwies. Überdies handelte es sich ja auch nur um eine harmlose und keineswegs unnatürliche Vorsichtsmaßregel.

Auf Ushers Bitte war ich ihm bei der vorläufigen Bestattung behilflich. Nachdem wir den Körper in den Sarg gelegt, brachten wir ihn allein an seine Ruhestätte. Das Gewölbe, in dem wir ihn niedersetzten, war eng, feucht und so lange nicht geöffnet worden, daß unsere Fackeln in der dicken Atmosphäre fast verloschen und uns nur geringe Möglichkeiten boten, eine weitere Untersuchung vorzunehmen. Dieses Gewölbe lag in ziemlicher Tiefe unmittelbar unter dem Teil des Gebäudes, der auch mein Schlafzimmer enthielt. Augenscheinlich hatte es in den lange vergangenen Zeiten der Feudalherrschaft zu den schlimmsten Zwecken als Burgverlies und in späteren Tagen wahrscheinlich als Bewahrungsort für Pulver und andere feuergefährliche Stoffe gedient, denn ein Teil des Fußbodens und das ganze Innere eines langen Ganges, der in dies Verlies führte, war sorgfältig mit Kupferplatten belegt. Die Tür bestand aus massivem Eisen und war ebenfalls mit Kupfer verkleidet. Als wir sie öffneten, verursachte ihr schweres Gewicht ein ganz ungewöhnlich lautes, schrilles Gekreisch in den Angeln.

Nachdem wir unsere traurige Bürde an diesem Orte des Grauens auf ein Gestell niedergesetzt hatten, schoben wir den noch nicht zugeschraubten Deckel des Sarges zur Seite und betrachteten das Angesicht der Toten. Was mir zuerst auffiel, war eine überraschende Ähnlichkeit zwischen den beiden Geschwistern. Usher, der meine Gedanken zu erraten schien, murmelte einige Worte, aus denen ich entnahm, daß er und die Verstorbene Zwillinge gewesen, und daß von jeher eine beinahe rätselhafte Sympathie zwischen ihnen bestanden habe. Doch ruhten unsere Blicke nicht lange auf den Zügen der Toten, denn ihr merkwürdiger Anblick erfüllte uns mit einer sonderbaren, unbekannten Scheu. Die Krankheit, welche die Lady in der Blüte der Jugend aufs Totenbett dahingestreckt, hatte, wie alle Krankheiten von ausgesprochen kataleptischer Natur, gleichsam zum Hohne auf Brust und Antlitz eine zarte Röte zurückgelassen; und um den Mund der Verschiedenen spielte jenes tückisch zögernde Lächeln, welches den Tod doppelt schauerlich macht. Wir schoben den Deckel des Sarges wieder zurecht, schlossen die eiserne Tür und kehrten auf beschwerlichem Wege in die kaum weniger düsteren Gemächer der oberen Stockwerke zurück.

Und jetzt, nachdem einige Tage bitteren Schmerzes vorübergegangen waren, trat in den äußeren Anzeichen der geistigen Störung meines Freundes eine bemerkenswerte Veränderung ein. Seine gewohnten Beschäftigungen vernachlässigte er oder gab sie ganz auf. Mit hastigen, ungleichen, ziellosen Schritten durchirrte er die lange Reihe der Gemächer. Die Blässe seines Antlitzes war noch geisterhafter geworden – das frühere Leuchten seiner Augen erloschen. Die Heiserkeit, die vorher seine Stimme oft verschleierte, war verschwunden, doch wurden seine Worte jetzt stets von jenem Beben getragen, das nur der höchste Schrecken verursachen kann. Es gab Zeiten, in denen ich annahm, sein erregter Geist ringe nach Mut, irgendein quälendes Geheimnis auszusprechen – dann wieder schob ich alles auf die Launen des beginnenden Wahnsinns. Stundenlang sah ich ihn oft mit dem Ausdruck tiefster Aufmerksamkeit ins Leere starren, als lausche er auf irgendeinen eingebildeten Ton. Es war kein Wunder, daß ein solcher Zustand mich erschreckte – ja, ansteckte. Schon fühlte ich, wie seine phantastischen und doch ergreifenden Wahngebilde sich langsam und sicher auch den Weg zu meinem Hirn bahnten.

In der Nacht des siebenten oder achten Tages nach der Beisetzung der Lady Magdalena in dem Burgverlies mußte ich die schreckliche Gewalt, die diese Hirngespinste bereits über mich gewonnen hatten, sehr grauenvoll erfahren. Stunde um Stunde verrann, kein Schlaf wollte sich meinem Lager nahen. Ich bot alle nur möglichen Vernunftgründe auf, um meine immer heftiger werdende nervöse Aufregung zu meistern. Ich wollte mich zu dem Glauben zwingen, daß vieles, wenn nicht alles von dem, was ich empfand, nur dem verwirrenden Eindruck, der düsteren Ausstattung des Gemaches zuzuschreiben sei – den dunklen, schadhaften Wandverkleidungen, die der Lufthauch eines aufziehenden Sturmes zuckend hin und her bewegte, oder dem unheimlichen Rascheln der gelockerten Verzierungen an der Bettstatt. Doch waren alle meine Bemühungen vergeblich. Ein Zittern durchrann meinen Körper, und wie ein Alp lastete quälend wildes Entsetzen auf meiner Brust. Mit einem gewaltsamen Ruck und einem tiefen Atemzug schüttelte ich endlich die Beklemmung von mir ab und setzte mich aufrecht in die Kissen. Meine Blicke starrten unbeweglich in die schwarze Finsternis des Zimmers, während ich, ohne zu wissen weshalb, angestrengt auf gewisse leise, unbestimmte Töne lauschte, die, wenn der Sturm einen Augenblick schwieg – ich weiß nicht recht, woher – an mein Ohr schlugen. Dann, plötzlich, von dem unerklärlichen Entsetzen überwältigt, warf ich mich hastig in meine Kleider. Ich fühlte, daß ich in dieser Nacht keinen Schlaf mehr finden sollte, und versuchte durch rasches Auf- und Abgehen im Gemach der jämmerlichen Verfassung, in die ich geraten, wieder zu entgehen.

Kaum war ich ein paarmal auf- und niedergeschritten, als ich leichte Tritte auf der anstoßenden Treppe vernahm und sogleich Ushers Schritt erkannte. Im nächsten Augenblicke pochte er auch schon leise an meine Türe und trat mit einer Lampe ein. Sein Gesicht war wie gewöhnlich von leichenhafter Blässe – doch leuchteten seine Augen wie in irrsinniger Heiterkeit, eine mühsam gebändigte hysterische Erregung schien sein ganzes Wesen zu durchzucken. Ich schauderte bei seinem Anblick, und doch war alles andere eher zu ertragen als die Einsamkeit, so daß ich selbst seine Gegenwart als eine Erleichterung empfand.

„Und du hast es nicht gesehen?" fragte er plötzlich, nachdem er einige Minuten lang schweigend umhergestiert. – „Du hast es also nicht gesehen? Aber warte nur! Du wirst es bald sehen!" Dann eilte er, indem er die Lampe vorsichtig mit der Hand schützte, ans Fenster, riß beide Flügel auf und gewährte dem Sturm freien Einlaß.

Die wütende Gewalt des Orkans riß uns fast vom Boden empor. Es war eine wüste, furchtbar schöne, grausige Nacht. Dicht bei dem Haus schien ein Wirbelwind aufgefahren zu sein, denn in der Richtung des Luftstromes trat fast jeden Augenblick ein heftiger Umschwung ein. Die schweren Wolken hingen so tief herab, daß sie auf die Türme des Hauses zu drücken schienen, und wir sahen, von seltsamer Furcht erfüllt, wie sie gleich beseelten Wesen von allen Seiten gegeneinander stürmten, ohne sich in der Ferne zu verlieren. Wir sahen dies alles, obwohl kein Schimmer vom Mond oder von den Sternen, kein aufzuckender Blitzstrahl das Schlachtgetümmel erhellte. Denn die untere Fläche der ungeheueren Massen wogenden Dunstes und alle Dinge auf der Erde in unserer Umgebung glühten in dem unnatürlichen Glanze, den ihnen eine mattleuchtende, doch deutlich sichtbare gasartige Ausstrahlung verlieh, die wogend wie ein Leichentuch um das ganze Haus zusammenschlug.

„Du darfst – du sollst dies nicht sehen!" sagte ich schaudernd zu Usher und führte ihn mit sanfter Gewalt vom Fenster weg zu einem Sessel. „Diese Erscheinungen, die dich in Aufregung versetzen, sind weiter nichts als ganz bekannte elektrische Prozesse – vielleicht auch verdanken sie ihr spukhaftes Dasein nur den giftigen Ausdünstungen des Teiches. Wir wollen das Fenster schließen – die Luft ist schneidend und könnte dir in deinem Zustand gefährlich werden. Da liegt ja eins deiner Lieblingsbücher! Ich will dir vorlesen, und so wollen wir diese schreckliche Nacht zusammen verbringen."

Der altertümliche Band, den ich eben ergriffen hatte, war „Mad Trist" von Sir Launcelot Canning, doch hatte ich ihn mehr in trübem Scherz als im Ernst Ushers Lieblingsbuch genannt, da seine wunderliche, phantasielose Weitschweifigkeit dem kühnen Geist meines Freundes wenig Interessantes bieten konnte. Aber es war das einzige Buch, das ich zur Hand hatte, und ich nährte die schwache Hoffnung, daß die Erregung meines Freundes in der Überfülle von Torheiten, die es enthielt, Erleichterung finden werde. Die Geschichte der Geisteskranken ist ja voll von solchen oder ähnlichen Anomalien. Nach der leidenschaftlich gespannten Aufmerksamkeit zu urteilen, mit der er meinen Worten lauschte oder zu lauschen schien, hätte ich mir zu dem Erfolg Glück wünschen dürfen.

Ich war bis zu jener wohlbekannten Stelle gekommen, wo Ethelred, der Held des Trist, nach seinen vergeblichen Versuchen, sich in Güte Einlaß in die Behausung des Eremiten zu verschaffen, mit Gewalt die Tür aufbricht. Die Worte an dieser Stelle lauten etwa folgendermaßen:

„Und Ethelred, der von Natur ein tapferes Herz besaß und sich nach dem Genuß des kräftigen Weines doppelt stark fühlte, wollte mit dem boshaften Eremiten nun nicht länger zwecklos Zwiesprach führen, sondern erhob, da er den Regen schon auf seinen Schultern fühlte und das Unwetter immer näher heranziehen sah, seine Keule und schaffte sich durch kräftige Stöße gegen die starken Bretter der Tür bald soviel Raum wie nötig war, um seine gepanzerte Hand hindurchstecken zu können. Dann gebrauchte er sie kräftig, zerbrach, zerstieß und riß alles auseinander, so daß der Lärm von dem trockenen, krachenden Holz im ganzen Wald widerhallte."

Am Schluß dieses Satzes fuhr ich erschreckt empor und hielt einige Augenblicke lang mit dem Lesen inne. Obschon ich eine Sekunde später alles nur für eine Vorspiegelung meiner Phantasie hielt, glaubte ich doch ganz deutlich gehört zu haben, wie von einem sehr entlegenen Teile des Hauses her ein Ton an mein Ohr drang, der ein genaues, wenn auch dumpfes und unterdrücktes Echo von jenem ächzenden, krachenden Geräusch zu sein schien, das Sir Launcelot eben beschrieben hatte. Doch war es sicherlich nur dies Zusammentreffen des Geräusches mit meinen Worten, was meine Aufmerksamkeit erregte, denn mitten in dem Rasseln der Fensterläden und dem Toben, das der stetig wachsende Sturm vollführte, wären diese Töne an sich wohl unbemerkt vorübergegangen, ohne mir aufzufallen oder mich zu beunruhigen. Ich las also weiter:

„Aber als der wackere Kämpe Ethelred jetzt eintrat, erstaunte er und geriet in Zorn, als er von dem boshaften Eremiten keine Spur entdeckte, sondern an seiner Stelle einen schuppigen Drachen von fürchterlichem Aussehen erblickte, der feuersprühend vor einem goldenen Palast mit silbernem Fußboden auf der Lauer lag. An der Wand hing ein Schild von schimmerndem Erz, in das folgende Inschrift eingegraben war:

,Wer hier eindringt, ein Sieger ist!
Wer den Drachen bezwingt,
Auch den Schild sich erringt.'

Und Ethelred schwang seine Keule und schlug sie dem Drachen auf das Haupt, daß er vor ihm zu Boden stürzte und seinen giftigen Atem mit so mißtönendem, scheußlichem Geheul von sich gab, daß Ethelred sich gern seine Ohren gegen dies gräßliche Getöse, wie es ähnlich nie zuvor vernommen wurde, verstopft hätte."

Wieder hörte ich plötzlich auf zu lesen, und zwar diesmal mit einem Gefühl starrer Bestürzung – denn es unterlag keinem Zweifel mehr, daß ich in diesem Augenblick tatsächlich einen leisen und anscheinend fernen, langgezogenen, seltsam kreischenden Laut gehört hatte: die genaue Wiederholung des unnatürlichen Drachengeheuls, das ich eine Sekunde vorher, von des Dichters Beschreibung heraufbeschworen, schon in meiner Phantasie vernommen hatte.

Von tausend widerstreitenden Gefühlen, von Staunen und höchstem Schreck gefaßt, hatte ich doch die Geistesgegenwart, durch keine Bemerkung über meine Beobachtungen die Nervosität meines Gefährten zu steigern. Ich war nicht sicher, ob er die fraglichen Töne auch gehört hatte, wiewohl während der letzten paar Minuten eine sonderbare Veränderung in seinem Wesen vor sich gegangen war. Anfangs saß er mir gerade gegenüber, nun hatte er seinen Stuhl so herumgedreht, daß er mit dem Gesicht gerade der Zimmertür zugewandt war. Seine Züge konnte ich nur teilweise erblicken, doch bemerkte ich, daß sich seine Lippen zitternd bewegten, als murmelte er leise vor sich hin. Sein Kopf war auf die Brust gesunken, aber ich erkannte aus einem flüchtigen Blick auf sein Profil an seinen starr aufgerissenen Augen, daß er keineswegs schlief. Außerdem war sein Körper in beständiger

Bewegung, er wiegte sich unablässig sanft und gleichmäßig von einer Seite auf die andere. Mit einem raschen Blick hatte ich dies alles bemerkt und fuhr in der Erzählung Sir Launcelots fort:

„Und jetzt, da der Kämpe der furchtbaren Wut des Drachens entronnen war, erinnerte er sich an den metallenen Schild und seine mächtige Zauberkraft. Er schaffte den Kadaver des Drachens aus dem Wege und schritt auf dem silbernen Boden des Palastes mutig auf die Stelle zu, wo der Schild hing. Dieser aber wartete nicht, bis der Held ganz herangekommen war, sondern stürzte mit gewaltigem Schmettern auf den silbernen Fußboden hinab."

Kaum waren meinen Lippen die letzten Worte entflohen, da drang – als sei wirklich eben ein eherner Schild auf einen silbernen Fußboden gefallen – ganz deutlich ein hohler, metallisch dröhnender, aber offenbar gedämpfter Widerhall an mein Ohr. Außer mir vor Entsetzen sprang ich auf; doch Usher verharrte ungestört bei seinem wiegenden Schaukeln. Ich stürzte auf ihn zu. Seine Augen waren starr auf einen Punkt gerichtet, und auf seinen Zügen lag eine steinerne Ruhe. Doch als ich meine Hand auf seine Schulter legte, durchzuckte ein heftiger Schauder seinen ganzen Körper, ein wahnsinniges Lächeln irrte um seine Lippen, und ich bemerkte, daß er, als sei er sich meiner Gegenwart nicht bewußt, hastig unverständliche Worte vor sich hin murmelte. Ich beugte mich dicht über ihn, und es gelang mir endlich, den grausigen Inhalt seiner Rede zu verstehen.

„Es nicht hören? – O ja! Ich höre es wohl und habe es gehört! Lange – lange – lange – viele Minuten – viele Stunden – viele Tage lang schon habe ich es gehört! Und ich wagte nicht – o beklage mich jammervoll Elenden! – ich wagte nicht – ich wagte nicht, zu reden! Wir haben sie lebendig ins Grab gelegt! Sagte ich nicht, daß meine Sinne scharf sind? Jetzt sage ich dir, daß ich in der tiefen Gruft ihre ersten, schwachen Regungen hörte. Ich hörte sie – es ist schon manchen, manchen Tag her – aber ich wagte nicht – ich wagte nicht zu reden! Und jetzt – in dieser Nacht – Ethelred – ha –! ha –! Das Einreißen von des Eremiten Tür, und das Sterbegeheul des Drachens, und der dröhnende Klang des Schildes! – sage besser: Sie sprengte ihren Sarg, die eisernen Angeln der Grabtür kreischten – qualvoll tastete sie sich durch die kupfernen Bogengänge des Gewölbes! Oh, wohin soll ich fliehen? Wird sie nicht gleich bei uns erscheinen? Eilt sie nicht schon herbei, um mir meine Hast vorzuwerfen? Höre ich nicht schon ihre Tritte auf der Treppe? Vernehme ich nicht schon das schwere, fürchterliche Pochen ihres Herzens? Wahnsinniger!" – Hier sprang er wie wütend von seinem Stuhl auf und schrie, als wolle er sich mit den Worten seine Seele ausschreien:

„Wahnsinniger! Ich sage dir, daß sie in diesem Augenblick draußen vor der Türe steht!"

Zu gleicher Zeit schob sich – als läge in der übermenschlichen Kraft seiner Worte eine Zaubergewalt – die schwere, altertümlich getäfelte Ebenholztür, auf die er mit der Hand wies, wie ein dunkler Rachen auf. Es war nur eine Wirkung der Zugluft gewesen, doch hinter diesen Türflügeln erschien die hohe, in ihre Leichentücher gehüllte Gestalt der Lady Magdalena Usher. Ihre weißen Gewänder waren mit Blut befleckt, und an ihrem abgezehrten Körper waren überall die Spuren eines zähen Kampfes zu erkennen. Einen Augenblick blieb sie wankend auf der Schwelle stehen, dann taumelte sie, tief aufstöhnend, auf die Gestalt ihres Bruders zu und zog ihn in ihrem Todeskampfe, als Opfer der Schrecken, die er vorher empfunden hatte, entseelt mit sich zu Boden.

Entsetzt, angstgehetzt, floh ich aus jenem Zimmer, aus jenem Haus. Der Sturm toste noch mit voller Wut, als ich auf der Landstraße war und wieder zu mir selbst kam. Plötzlich schoß ein greller Schein über meinen Weg. Ich wandte mich zurück, um zu sehen, woher dies sonderbare Aufglühen kommen könne, denn das Schloß lag tief im Schatten hinter mir. Der Glanz strahlte von dem blutrot untergehenden Vollmond her, der in diesem Augenblick mit wildem Leuchten den sonst kaum merklichen

Riß beschien, der, wie ich bereits früher erzählte, im Zickzack das ganze Gebäude vom Dach bis zum Fundament hinunterlief. Während ich noch staunend hinblickte, erweiterte sich der Spalt mit jäher Schnelligkeit – ein heftiger Wirbelwind sprang plötzlich hoch – die volle Scheibe des Mondes überflutete auf einmal die ganze Landschaft mit blutiger Helle – mir schwindelte, als ich die mächtigen Mauern wanken und auseinanderbersten sah. Ein langes, verworrenes Getöse, wie von tausend Wasserstürzen – und der tiefe, dunkle Teich zu meinen Füßen schloß sich finster und schweigend über den Trümmern des Hauses Usher.

Der Teufel im Glockenstuhl

Wieviel Uhr ist es?
Alte Redensart

JEDERMANN WEISS, daß der holländische Marktflecken Spießburgh der schönste Ort der Welt ist – oder ach! – war.

Da er abseits der gewöhnlichen Heerstraße in einer sozusagen außergewöhnlichen Gegend liegt, hat ihn wohl nur ein kleiner Teil meiner Leser jemals besucht. Um auch denen, die ihn nicht kennen, eine Vorstellung von dem eigenartigen Orte zu geben, halte ich es für angemessen, einiges Nähere über ihn zu erzählen. Es ist dies um so nötiger, als ich in der Hoffnung, seinen Einwohnern die allgemeinste Sympathie zuzuwenden, eine Darstellung der folgenschweren Unglücksfälle geben will, die sich dort kürzlich zugetragen haben. Niemand, der mich kennt, wird zweifeln, daß ich die Pflicht, die ich mir selbst auferlegt, nach bestem Können erfüllen werde und nach gewissenhafter Prüfung der Tatsachen und fleißiger Vergleichung der authentischen Berichte die Ereignisse mit jener Unparteilichkeit darstellen werde, die jeden, der, wie ich, Anspruch auf den Titel „Geschichtsforscher" macht, auszeichnen muß.

Nach eingehendem Studium von Medaillen, Urkunden und Inschriften bin ich imstande, auf das Bestimmteste zu behaupten, daß der Flecken Spießburgh von seinem ersten Entstehen an genau an derselben Stelle gestanden hat, an der er heute noch steht. Von dem Zeitpunkte der Gründung jedoch kann ich leider Gottes nur mit einer gewissen unbestimmten Bestimmtheit reden. Dieser Zeitpunkt nämlich, so darf ich wohl in Anbetracht seiner außerordentlichen Entferntheit sagen, kann – wie ich vermute – nicht weiter zurückliegen als genau der Endpunkt der größten von uns ausmeßbaren Zeitspanne.

Was die Abstammung des Wortes Spießburgh betrifft – ja, da muß ich zu meinem größten Bedauern erklären, ebenfalls keine vollständig ausreichende Auskunft geben zu können. Von einer ganzen Anzahl Meinungen über diesen wichtigen Punkt, von denen manche sehr spitzfindig, scharfsinnig, sehr gelehrt –, manche jedoch das Gegenteil von alledem waren, habe ich keine einzige für genügend begründet zu befinden vermocht. Vielleicht, aber auch

Der Teufel im Glockenstuhl

nur vielleicht, könnte man der Annahme des deutschen Gelehrten Rindt zustimmen, die sich fast mit der des englischen Forschers Beef deckt. Es ist die folgende: Spieß = Spieß, Burgh = Burg. Eine derartige Abstammung wird in der Tat noch wahrscheinlicher gemacht durch die Spuren eines Blitzes, der wie ein Spieß in die Spitze des Rathausturmes gefahren sein muß – des einzigen Gebäudes in Spießburgh, das etwas „Burg"-ähnliches hat. Doch möchte ich es auf jeden Fall vermeiden, mich in einer so wichtigen Frage zu kompromittieren, und verweise deshalb den Leser, der sich noch besser informieren will, auf die „Oratiunculae de Rebus Praeteritis" des bekannten holländischen Professors Hoolkoopf. Siehe auch Van der Domheet: „De Derevationibus", Seiten 27 bis 5010, gotische Ausgabe in Folio, rote und schwarze Schriftzeichen mit Stichwörtern und ohne Bogenzahlen. Beachte hier ebenfalls die eigenhändigen Randbemerkungen des bekannten chinesischen Privatgelehrten Schtumf-Sin – des erklärten Lieblingsschülers von van der Domheet. Beachte auch die untenstehenden Kommentare vom Dozenten Doehsig.

Trotz der Dunkelheit, die den Zeitpunkt der Gründung von Spießburgh und die Abstammung des Namens umhüllt, ist es doch, wie ich schon sagte, ganz unzweifelhaft, daß der Ort immer so gewesen ist, wie wir ihn heute noch sehen. Der älteste

Mann im Flecken kann sich nicht der geringsten Veränderung entsinnen; und in der Tat, die bloße Vermutung einer solchen Möglichkeit würde dort als Beleidigung empfunden werden. Das Dorf liegt in einem vollständig kreisförmigen Tale von dem Umfang einer Viertelmeile, und ist auf allen Seiten von anmutigen Hügeln umgrenzt, deren Gipfel noch keiner der Einwohner zu überschreiten gewagt hat. Sie führen übrigens einen ausgezeichneten Grund für ihre Seßhaftigkeit an, indem sie sagen: sie glaubten nicht, daß auf der anderen Seite der Hügel „überhaupt etwas sei".

Rundherum, an der äußeren Umrißlinie des Tales, das vollständig eben und in seiner ganzen Ausdehnung mit platten Ziegeln gepflastert ist, liegen die sechzig kleinen Häuser des Dorfes. Sie lehnen sich also an die Hügel an und blicken alle in den Mittelpunkt der Ebene, der gerade sechzig Ellen von der Haustür jeder Wohnung entfernt ist. Vor jedem Hause liegt ein kleiner Garten mit einem kreisrunden Wege, einer runden Sonnenuhr und vierundzwanzig runden Krautköpfen, die Gebäude selbst ähneln einander so vollständig, daß sie durch nichts unterschieden werden können. Ihre Bauart ist ein wenig wunderlich, doch außerordentlich malerisch. Sie sind aus kleinen, hartgebrannten, roten Ziegelsteinen hergestellt, die schwarze Ecken haben, so daß die Mauern wie ein riesiges Schachbrett aussehen. Die Giebel sind zur Front gewandt, das Dach und die Haupttüren tragen Gesimse, die so groß sind wie das ganze übrige Haus, die Fenster sind eng und tief, in zahlreiche Vierecke geteilt und vielfach verrahmt. Das Dach ist mit Ziegeln gedeckt, die lange, geschweifte Ohren haben. Das Holzwerk ist allenthalben von dunkler Farbe und überall mit einer ziemlich eintönigen Schnitzerei verziert, denn seit unvordenklichen Zeiten verfügen die Holzschnitzer von Spießburgh nur über zwei Vorwürfe – eine Uhr und einen Krautkopf. Diese beiden jedoch führen sie höchst vorzüglich aus und schnitzen sie überall hin, wo sie nur Platz für ihr Schnitzmesser finden können.

Im Inneren gleichen sich die Wohnungen genauso wie außen; die Möbel sind alle nach einem Vorbild gemacht. Der Boden ist mit viereckigen Ziegelsteinen belegt, die Tische und Stühle sind aus schwärzlichem Holze und haben gedrehte Beine mit schmal zulaufenden Füßen. Die Kamine sind breit und hoch, an der Vorderseite sind Uhren und Kohlköpfe eingeschnitzt; und eine wirkliche Uhr, die stets ein bewunderungswertes Ticken vollführt, steht in der Mitte ihres Simses, und an jedem Ende desselben prangt ein Blumentopf, in dem ein Krautkopf wächst. Zwischen jedem Blumentopf und der Standuhr hinwiederum steht ein kleiner Chinese mit einem dicken Bauch und einem Loch in dessen

Mitte, durch welches man das Zifferblatt einer Taschenuhr erblickt.

Die Feuerherde sind groß und tief; die Feuerböcke sehen wild und gefährlich aus. Im Kamin brennt fortwährend ein lustiges Feuer. Über demselben hängt ein riesiger Kessel voll Sauerkraut und Schweinefleisch, den die gute Frau des Hauses immer geschäftig beachtet. Sie ist eine kleine, alte Dame mit blauen Augen und rotem Gesicht und trägt eine ungeheure zuckerhutförmige Mütze, die mit purpurnen und gelben Bändern geschmückt ist. Ihr Kleid ist aus orangegelbem Wollstoff, hinten sehr reichlich gemacht und in der Taille sehr kurz – ja, überhaupt sehr kurz, denn es reicht nicht über die Mitte des Beines. Dies letztere ist etwas sehr rundlich, von den Knöcheln muß man das gleiche behaupten; doch trägt sie ein prächtiges Paar grüner Strümpfe. Ihre Schuhe aus rosa Leder sind mit einem Knoten von gelbem Bande befestigt, das in der Gestalt eines Krautkopfes gebunden ist. In der linken Hand trägt sie eine kleine, schwere holländische Uhr; mit der rechten schwingt sie einen großen Kochlöffel über das Sauerkraut und das Schweinefleisch. An ihrer Seite steht eine fette, gesprenkelte Katze, an deren Schwanz „die Jongens" eine vergoldete, kleine Repetieruhr befestigt haben, um „Spaß zu machen".

„Die Jongens" selbst sind alle drei im Garten und hüten das Schwein. Sie sind jeder zwei Fuß hoch, haben Dreimaster auf, tragen purpurne Westen, die ihnen fast bis an die Schenkel gehen, Kniehosen aus Buckskin, rotwollene Strümpfe, schwere Schuhe mit großen Silberschnallen und lange Röcke mit großen Perlmutterknöpfen. Jeder hat eine Pfeife im Munde und eine kleine, bauchige Uhr in der rechten Hand. Sie blasen eine Rauchwolke von sich, dann blicken sie nach der Uhr – sie blicken nach der Uhr und blasen eine Rauchwolke von sich – und so geht es immer weiter. Das Schwein, das sehr dick und faul ist, beschäftigt sich damit, die Kohlblätter, die von dem Kohl abgefallen sind, aufzulesen und hin und wieder nach der vergoldeten Repetieruhr auszuschlagen, die die Bengels auch ihm, damit es ebenso schön aussehe wie die Katze, an den Schwanz gebunden haben.

Rechts an der Tür des Hauses, in einem hochlehnigen, ledernen Sessel mit gedrehten, schmalzulaufenden Beinen, wie sie auch die Tische haben, sitzt der Hausherr selbst. Er ist ein außerordentlich pausbäckiger, alter Herr mit kugelrunden Augen und riesigem Doppelkinn. Sein Anzug ähnelt vollständig dem der Jungen, und ich brauche also weiter nichts über denselben zu sagen. Der ganze Unterschied zwischen ihm und den Sprößlingen besteht darin, daß seine Pfeife etwas größer ist als die ihrige, und daß er infolgedessen mehr Dampf machen kann. Wie sie, hat auch er eine Uhr, doch trägt

Der Teufel im Glockenstuhl

er sie in seiner Tasche. Er hat nämlich etwas Wichtigeres zu tun, als nach der Uhr zu sehen, und worin dies Wichtigere besteht, werde ich gleich erklären. Er sitzt ruhig, hat das rechte Bein über das linke Knie geschlagen, macht ein ernsthaftes Gesicht und hält immer wenigstens eins seiner Augen fest auf ein Etwas im Mittelpunkte der Luft gerichtet.

Dies Etwas befindet sich an dem Turme des Rathauses. Die Stadträte sind alle sehr kleine, runde, fette, kluge Männer, mit Augen wie Räder und mächtigem Doppelkinn. Ihre Röcke sind viel länger und ihre Schuhschnallen dicker als die der gesamten übrigen Einwohner von Spießburgh. Seitdem ich im Flecken wohne, haben sie schon drei außerordentliche Sitzungen abgehalten und die folgenden drei wichtigen Resolutionen gefaßt:

1. „Es ist ein Unrecht, den guten alten Lauf der guten alten Dinge ändern zu wollen."
2. „Es gibt nichts Erträgliches außerhalb von Spießburgh."
3. „Wir schwören unseren Uhren und unseren Krautköpfen ewige Treue."

Über dem Sitzungszimmer im Rathause liegt der Turm, und im Turm ist der Glockenstuhl, in dem seit unvordenklichen Zeiten der Stolz und das Wunder des Dorfes beruht: die große Uhr von Spießburgh.

Der Teufel im Glockenstuhl

Und die ist denn auch der Gegenstand, auf den die Augen des alten Herrn, der in dem ledernen Sessel sitzt, gerichtet sind.

Die große Uhr hat sieben Zifferblätter, an jeder der sieben Seiten des Turmes – so daß man sie von jeder Richtung genau betrachten kann. Die Zifferblätter sind groß und weiß, die Zeiger schwer und schwarz. Die Stadtväter haben einen Glockenstuhlmann angestellt, dessen einzige Pflicht es ist, die Uhr zu hüten. Diese Stelle war die prächtigste aller Sinekuren, denn die Uhr hatte fast keine Bedienung nötig. Bis vor kurzem wäre auch die bloße Annahme einer solchen Möglichkeit als Ketzerei betrachtet worden. Seit den ältesten Zeiten, von denen die Archive sprechen, hatte die große Glocke stets richtig die Stunden angeschlagen. Und das war auch bei sämtlichen anderen Stand- und Taschenuhren im Flecken der Fall. Nirgends gab es einen Ort, in dem man es so genau wußte, „was es geschlagen hatte", wie in Spießburgh. Wenn die große Uhr es an der Zeit hielt zu sagen „Mittag", dann öffnete ihr gesamtes kleines Gefolge den Mund und antwortete wie ein Echo: „Mittag." Kurz, die guten Bürger waren ihrem Sauerkraut gewiß sehr zugetan – aber auf ihre Uhren waren sie geradezu stolz.

Alle Inhaber von Sinekuren werden immer mehr oder weniger mit Respekt behandelt, und da der Glockenstuhlmann von Spießburgh die prächtigste

Sinekure innehat, ist er natürlich auch der am meisten respektierte Mann der Welt. Er ist der Hauptwürdenträger des Fleckens, und sogar seine Schweine sehen mit einem Gefühl von Ehrfurcht zu ihm empor. Die Schöße seines Rockes sind bedeutend länger, seine Pfeife, seine Schuhschnallen, seine Augen, sein Bauch bedeutend dicker als die irgendeines anderen Herrn im Dorfe, und was sein Kinn anbetrifft, so ist es kein Doppelkinn, sondern eine regelrechte Dreifaltigkeit.

Ich habe jetzt den glücklichen Zustand von Spießburgh beschrieben: ach! daß ein so friedevolles Gemeinwesen jemals eine bittere Störung erfahren mußte!

Seit langem gebrauchten die weisesten der Einwohner ein Sprichwort, welches den Sinn hatte, daß „nichts Gutes von außen über die Hügel kommen könne", und es schien wirklich, als sollten diese Worte etwas wie eine Prophezeiung enthalten.

Es war vorgestern – noch fünf Minuten fehlten bis Mittag –, als ein wunderlich aussehender Gegenstand auf der Spitze eines gegen Osten liegenden Hügels erschien. Ein solches Ereignis zog natürlich die allgemeine Aufmerksamkeit auf sich, und jeder alte, kleine Herr in seinem Ledersessel wandte eines seiner Augen voll Verwunderung und Unheil ahnend auf das Phänomen, während das andere auf die Uhr im Turm gerichtet blieb.

Der Teufel im Glockenstuhl

Als nur noch drei Minuten bis Mittag fehlten, bemerkte man, daß das sonderbar aussehende fragliche Wesen ein sehr kleiner Mann und offenbar ein Fremder war. Er stieg mit großer Schnelligkeit den Hügel hinab, so daß man ihn bald sehr gut in Augenschein nehmen konnte. Es war die albernste Persönlichkeit, die man je in Spießburgh gesehen. Sein Gesicht war von tabakschwarzer Farbe, er hatte eine riesenlange Hakennase, Augen wie große gelbe Erbsen, einen weiten Mund und darin ein prächtiges Gebiß, das er gern zu zeigen schien, denn er grinste unablässig von einem Ohr zum anderen. Außer dem Schnurrbart und Backenbart war weiter nichts an seinem Gesichte zu sehen. Er war barhäuptig und trug sein Haar sauber auf Papilloten gewickelt. Sein schwarzer, eng anliegender Rock hatte lange Schwalbenschwänze, aus einer seiner Taschen hing ein mächtiges weißes Taschentuch heraus. Seine Beinkleider waren von schwarzem Kaschmir, er trug schwarze Strümpfe und an den Füßen ein Mittelding zwischen Stiefeln und Tanzschuhen mit riesigen Büscheln schwarzer Seidenschleifen als Schuhbänder. Unter einem Arme hielt er einen Chapeau claque und unter dem anderen eine Fiedel, die fast fünfmal so groß war wie er selbst. In seiner Linken ruhte eine goldene Tabakdose, aus welcher er, während er mit den sonderbarsten Kapriolen den Berg hinuntersprang, unaufhörlich mit dem Ausdruck größter Selbstzufriedenheit schnupfte. Du lieber Himmel! War das ein Anblick für die biederen Einwohner von Spießburgh!

Genau gesagt hatte der Bursche trotz seines Grinsens einen verwegenen und unheilvollen Ausdruck im Gesicht; und während er nun geradenwegs auf das Dorf zulief, erregte die besagte bizarre Form seiner Schuhe sofort Verdacht.

Mancher, der ihn sah, hätte gern etwas darum gegeben, einen Blick hinter das weiße Taschentuch werfen zu können, das so aufreizend aus der Tasche seines Schwalbenschwanzrockes hing. Was jedoch hauptsächlich gerechten Unwillen gegen ihn erregte, war der Umstand, daß der elende Harlekin, während er hier einen Fandangosprung, dort eine Pirouette machte, gar keine Ahnung zu haben schien, was es heißt, das Zeitmaß richtig einzuhalten.

Die guten Leute des Städtchens hatten jedoch kaum Zeit, die Augen weit zu öffnen, als, wie ich schon sagte, es war mittlerweile gerade eine halbe Minute vor Mittag geworden, der Lump mitten zwischen sie eilte, hier ein *chassez*, dort ein *balancez* machte, und dann nach einer Pirouette und einem *pas-de-zéphyr* sich wie auf Taubenflügeln in den Glockenstuhl des Rathausturmes schwang, in dem der jetzt vor Verwunderung und Schreck erstarrte Glockenstuhlmann voll Würde rauchend gesessen hatte. Doch der Galgenstrick packte ihn bei der

Der Teufel im Glockenstuhl

Nase, schüttelte ihn und zog an derselben, stülpte ihm seinen riesigen Chapeau claque über den Kopf und zog ihm denselben bis über die Augen und den Mund herab; dann erhob er seine große Geige und schlug ihn damit so lange und so kräftig, daß man, da der Glockenstuhlmann sehr dick und die Geige hohl war, geschworen hätte, ein ganzes Regiment Paukenschläger spiele im Glockenstuhl des Spießburgher Turmes des Teufels Höllenwirbel.

Es läßt sich nicht ausdenken, zu welch verzweifeltem Racheakt dieser aufreizende Angriff die Bewohner von Spießburgh getrieben haben würde, wenn sie nicht der wichtige Umstand, daß nur noch eine halbe Sekunde bis zu Mittag fehlte, bei Besinnung gehalten hätte. Die große Uhr mußte gleich schlagen, und dann gab es für jeden Bürger von Spießburgh auf der ganzen Welt nichts Wichtigeres, als dabei seine Taschenuhr aufs genaueste zu beobachten. Allerdings sah jeder vernünftige Mensch, daß der Bursche sich gerade in diesem Augenblick an der Uhr irgend etwas zu schaffen machte, wozu er kein Recht hatte. Doch als sie jetzt zu schlagen anfing, hatte niemand mehr Zeit, auf seine Manöver acht zu geben, denn jeder mußte jetzt die Schläge der Glocke zählen.

„Eins!" sagte die Uhr.

„Eens!" echote jeder kleine, dicke Herr in jedem Ledersessel in Spießburgh. „Eens!" sagte auch seine

Taschenuhr; „eens!" sagte die Uhr von Mevrouw, und „eens!" sagten die Uhren der Jongens und die kleinen, vergoldeten Repetieruhren an den Schwänzen der Katze und des Schweines.

„Zwei!" fuhr die große Uhr fort.

„Twee!" wiederholten alle übrigen.

„Drei! Vier! Fünf! Sechs! Sieben! Acht! Neun! Zehn!" sagte die Turmuhr.

„Dree! Vier! Fif! Seß! Seeven! Acht! Negen! Tien!" antworteten die anderen.

„Elf!" sagte die große.

„Elfen!" stimmten die kleinen bei.

„Zwölf!" sagte die große Uhr.

„Twölf!" antworteten alle, vollkommen befriedigt und ließen die Stimme sinken.

„Twölf is et!" sagten alle die alten Herren und steckten ihre Uhren ein. Doch die große Uhr war noch nicht zu Ende.

„Dreizehn!" sagte sie.

„O Gott!" stöhnten die alten Herren und schnappten nach Luft, wurden bleich, ließen die Pfeifen aus dem Munde und ihr rechtes Bein von dem linken Knie fallen.

„O Gott!" jammerten sie alle, „Dörteen! Dörteen! Mein Gott, et is dörteen Uhr!!"

Es wäre unnütz, die schreckliche Szene, die nun folgte, beschreiben zu wollen. Mit einem Wort: Ganz Spießburgh war in Aufruhr!

Der Teufel im Glockenstuhl

„Was ist denn mit meiner Zwiebel passiert?" brüllten alle die Bengels. „Ich bin schon seit einer ganzen Stunde hungrig."

„Was ist denn mit meinem Kraut passiert?" schrien alle Mevrouws. „Seit einer Stunde ist es schon zerkocht!"

„Was ist denn mit meiner Pfeife passiert?" fluchten alle die alten, kleinen Herren. „Donner und Blitz, seit einer Stunde muß sie schon ausgeraucht sein." Sie füllten ihre Pfeifen von neuem in großer Wut, lehnten sich in ihre Armsessel zurück und stießen so schnell und wild Rauchwolken von sich, daß das ganze Dorf alsbald in undurchdringlichen Dampf gehüllt ward.

Mittlerweile wurden alle Kohlköpfe ganz rot im Gesicht, und es schien, als habe der Bösewicht von Anbeginn selbst von allem, was eine Standuhr war, Besitz genommen. Die in die Möbel geschnitzten Uhren fingen wie verhext zu tanzen an, während die auf den Kaminsimsen sich vor Wut kaum noch halten konnten und so hartnäckig fortwährend dreizehn schlugen und mit ihren Pendeln so wild herumfuhrwerkten und herumtollten, daß es wirklich schrecklich anzusehen war. Doch das schlimmste von allem war, daß weder die Katzen noch die Schweine länger mit dem Betragen der Taschenuhren an ihren Schwänzen einverstanden zu sein schienen und dies deutlich zeigten, indem sie alle

Der Teufel im Glockenstuhl

auf dem Platz Reißaus nahmen, dort herumkratzten und herumstöberten, quiekten und schrien, brummten und grunzten, den Leuten ins Gesicht sprangen, sich in ihre Röcke verwickelten, kurz, die greulichste Verwirrung anstellten, die sich ein vernünftiger Mensch nur denken kann. Und der elende, kleine Taugenichts im Turme tat offenbar noch sein möglichstes, um den Tumult zu steigern. Hin und wieder konnte man den Schurken durch den Rauch einen Augenblick lang wahrnehmen. Er saß im Glockenstuhl auf dem Glöckner, der flach auf dem Rücken lag. In seinen Zähnen hielt der Schuft das Glocken seil, an dem er heftig zog, während er seinen Kopf bald nach rechts, bald nach links bewegte, und machte einen solchen Lärm, daß es mir noch jetzt in den Ohren saust, wenn ich nur daran denke. Auf seinem Schoße lag die große Geige, auf der er ohne jedes Zeitmaß und ohne Harmonie – der Hanswurst! – mit beiden Händen das schöne Lied „Komm' herab, o Madonna Theresa" spielte.

Ich brachte es nicht übers Herz, noch länger Zeuge solcher Greuel zu sein, verließ den Ort mit Abscheu und rufe nun alle, denen was an richtiger Zeit und gutem Sauerkraut liegt, zu Hilfe. Laßt uns eine feste Schar nach Spießburgh ziehen, um dort die Ordnung dadurch wiederherzustellen, daß wir den Burschen von dem Turme herunterstürzen!

Der Mord in der Spitalgasse

> *Sie ist zwar etwas verblüffend, die Frage:*
> *welches Lied die Sirenen gesungen oder welchen*
> *Namen Achilles angenommen, als er sich bei*
> *den Frauen verbarg, – doch liegt ihre Beantwortung*
> *nicht außerhalb des Bereiches der Möglichkeit.*
> Sir Thomas Browne.

DIE GEISTIGEN FÄHIGKEITEN, welche man gewöhnlich die analytischen nennt, sind selbst, ihrem ganzen Wesen nach, der Analyse sehr schwer zugänglich. Wir beurteilen sie nur nach ihren Wirkungen. Unter anderem wissen wir von ihnen, daß sie, wenn sie in ungewöhnlich hohem Grade vorhanden sind, ihrem Besitzer ein Born außerordentlicher Genüsse sein können. Wie ein starker Mann sich an seiner physischen Tüchtigkeit berauscht und Übungen, die seine Muskeln in Tätigkeit setzen, vor allem liebt, so hat der Analytiker seine höchste Freude an jener geistigen Tätigkeit, die entwirrt und löst.

Der Mord in der Spitalgasse

Selbst die trivialsten Beschäftigungen, sofern sie ihm nur Gelegenheit geben, sein Talent zu entfalten, bereiten ihm Vergnügen. Er ist ein Freund von Rätseln, Hieroglyphen und Geheimnissen und zeigt bei der Lösung derselben einen Grad von Scharfsinn, der dem gewöhnlichen Verstand übernatürlich erscheint. Und seine Resultate, zu denen er doch durch rein methodisches Vorgehen gelangt ist, haben in der Tat den Anschein von Intuition. Die Fähigkeit zur Auflösung wird unter Umständen durch mathematische Studien noch bedeutend geschärft; besonders durch das Studium jener höchsten Mathematik, die man ungerechterweise und nur wegen ihrer rückwärts schließenden Tätigkeit Analysis, gleichsam Analyse par excellence genannt hat. Aber bloßes Rechnen heißt noch nicht analysieren. Ein Schachspieler zum Beispiel tut das eine, ohne das andere auch nur zu versuchen. Daraus folgt, daß das Schachspiel in seinen Wirkungen auf den Geist vollkommen falsch beurteilt wird. Doch will ich hier keine Abhandlung schreiben, sondern lediglich eine etwas sonderbare Erzählung durch ein paar aufs Geratewohl hingeworfene Bemerkungen einleiten. Ich möchte an dieser Stelle nur noch bemerken, daß die höheren Kräfte des überlegenden Geistes durch das bescheidene Damespiel viel lebhafter und nutzbringender angestrengt werden, als durch die anspruchsvollen

Der Mord in der Spitalgasse

Nichtigkeiten des Schachspiels. Bei diesem Spiel, in dem die Figuren verschiedene und absonderliche Bewegungen von verschiedenem und veränderlichem Wert ausführen können, hält man sehr oft für tief, was nur kompliziert ist. Hier wird die Aufmerksamkeit auf das lebhafteste angespannt. Wenn sie einen Augenblick erlahmt, unterläuft einem ein Versehen, das zu Verlust oder gar zur Niederlage führt. Da die möglichen Züge nicht allein sehr zahlreich, sondern auch von ungleichem Wert sind, liegt die Möglichkeit eines solchen Versehens sehr nahe, und in neun Fällen von zehn wird der aufmerksamere Spieler über den geschickteren den Sieg davontragen. Beim Damespiel dagegen, bei dem es nur eine Art von Zügen mit wenig Veränderungen gibt, ist die Wahrscheinlichkeit eines Versehens geringer; und da die bloße Aufmerksamkeit verhältnismäßig wenig in Frage kommt, kann man die Vorteile, die sich eine Partei vor der anderen verschafft, nur ihrem größeren Scharfsinn zuschreiben.

Um weniger abstrakt zu sein: Stellen wir uns ein Damespiel vor, dessen Steine bis auf vier Könige zusammengeschrumpft sind, so daß kein Versehen mehr stattfinden kann. Es liegt auf der Hand, daß hier der Sieg, vorausgesetzt, daß die Spieler gleich tüchtig sind, nur durch einen ganz geschickten Zug, der das Ergebnis einer starken Anstrengung des Verstandes ist, herbeigeführt werden kann. Seiner gewöhnlichen Hilfsquellen beraubt, versetzt sich der Analytiker in den Geist seines Gegners, identifiziert sich mit demselben und erkennt nicht selten auf den ersten Blick die einzige Möglichkeit – sie ist oft ganz absurd einfach –, durch die er seinen Partner irreführen und zu falscher Berechnung verleiten kann.

Lange Zeit war das Whist wegen seines Einflusses auf die Fähigkeit der Berechnung berühmt; und man kennt Männer von höchster Intelligenz, die ein anscheinend unerklärliches Vergnügen an diesem Spiel fanden, während sie das Schachspiel als kleinlich verschmähten.

Ohne Zweifel gab es nichts Ähnliches in der Art, was die analytischen Fähigkeiten so gründlich übte. Der beste Schachspieler der Christenheit braucht nichts weiter zu sein als eben der beste Schachspieler, aber die Tüchtigkeit im Whistspiel läßt in allen anderen und wichtigeren Unternehmungen, in denen der Geist mit dem Geist kämpft, auf Tüchtigkeit und Erfolge schließen. Ich meine mit dem Wort „Tüchtigkeit" jene vollkommene Beherrschung des Spiels, die alle Quellen, aus denen rechtmäßiger Vorteil gezogen werden kann, kennt. Sie sind nicht allein zahlreich, sondern auch vielartig und entspringen häufig in Gedankenklüften, die einer durchschnittlichen Begabung vollständig unzugänglich sind.

Der Mord in der Spitalgasse

Aufmerksam beobachten heißt: sich bestimmter Dinge gut erinnern können; deshalb wird sich ein Schachspieler, der an Konzentration gewöhnt ist, sehr gut zum Whist eignen, zumal die Regeln des Hoyle – die selbst nur auf dem bloßen Mechanismus des Spiels basieren – allgemein verständlich und ausreichend sind.

Ein gutes Gedächtnis haben und regelrecht nach dem Buch spielen, hält man in den meisten Fällen für die Summe aller Erfordernisse zu gutem Spiel. Doch die Kunst des Analytikers zeigt sich in den Dingen, die außerhalb der Regel liegen. Stillschweigend macht er eine Menge Beobachtungen, aus denen er seine Schlüsse zieht. Die Mitspielenden tun vielleicht desgleichen, und der Unterschied in der Tragweite der erhaltenen Kenntnis liegt nicht so sehr in der Gültigkeit des Schlusses, als in dem Wert der Beobachtung. Das Wichtigste ist, zu wissen, was man zu beobachten hat. Der Spieler, den ich hier im Sinn habe, beschränkt sich nicht auf das Spiel allein und verwirft keine Schlüsse, die außerhalb desselben liegen, aus dem bloßen Grund, weil das Spiel der hauptsächliche Gegenstand seiner Aufmerksamkeit ist. Er studiert den Gesichtsausdruck seines Partners und vergleicht ihn sorgfältig mit dem der Gegner. Er beachtet die Art und Weise, in der die Karten in der Hand geordnet werden, und zählt oft Trumpf auf Trumpf, Honneurs auf

Honneurs an den Blicken nach, mit denen ihr Besitzer sie betrachtet. Während das Spiel seinen Lauf nimmt, beobachtet er jede Veränderung des Gesichtes und sammelt aus dem verschiedenen Ausdruck von Sicherheit, Überraschung, Triumph oder Ärger eine Fülle von Gedanken über das jeweilige Spiel. Aus der Art und Weise, wie jemand einen Stich aufnimmt, schließt er, ob die betreffende Person noch einen anderen in derselben Farbe machen kann. Er erkennt an der Miene, mit der jemand die Karte auf den Tisch wirft, ob er mogelt. Ein gelegentliches und unbedachtes Wort, das zufällige Fallen oder Umwenden einer Karte, die Ängstlichkeit oder Sorglosigkeit, die diesen Vorgang begleitet, das Zählen der Stiche, ihre Anordnung, ferner Verwirrung, Zögern, Hast, Bestürzung, alles dient seiner scheinbar intuitiven Erfassung vom Stand der Dinge als Symptom und Erkennungszeichen. Wenn die zwei oder drei ersten Runden gespielt worden sind, kennt er die Karten von jedem der Mitspielenden und gibt von da ab seine eigenen mit so unfehlbar sicherer Berechnung aus, als spiele die übrige Gesellschaft offen.

Die Fähigkeit zur Analyse darf nicht mit bloßer Klugheit verwechselt werden; denn während der Analytiker unbedingt klug ist, hat der kluge Mann oft auffallend wenig Begabung für Analyse. Die aufbauende und berechnende Kraft, durch welche

Der Mord in der Spitalgasse

sich die Klugheit gewöhnlich äußert – und der die Phrenologen, ich glaube irrtümlicherweise, ein besonderes Organ zugeschrieben haben, da sie dieselbe für eine angeborene Fähigkeit hielten – ist so oft bei Menschen, deren Verstand im übrigen an Blödsinn grenzte, beobachtet worden, daß diese Tatsache unter Moralschriftstellern Aufsehen erregte. Zwischen Klugheit und analytischer Fähigkeit besteht ein viel größerer Unterschied als zwischen Phantasie und Einbildungskraft, obwohl er von vollständig analogem Charakter ist. Man wird in der Tat immer finden, daß die klugen Menschen phantasiereich und die mit wirklicher Einbildungskraft begabten stets Analytiker sind.

Die folgende Erzählung wird dem Leser vielleicht in mancher Beziehung eine Erläuterung zu den eben aufgestellten Behauptungen sein.

Während meines Aufenthaltes in Paris im Frühling und Sommer des Jahres 18... machte ich die Bekanntschaft eines Herrn August Dupin. Der junge Mann stammte aus einer guten, ja, aristokratischen Familie, doch war er durch verschiedene widrige Ereignisse in solche Armut geraten, daß seine ganze Willenskraft in ihr unterging, und er gar keine Anstrengung mehr machte, sich wieder in glücklichere

Der Mord in der Spitalgasse

Verhältnisse hinaufzuarbeiten. Seine Gläubiger ließen aus Anständigkeit einen kleinen Teil seines väterlichen Erbteils in seinen Händen, von dessen Zinsen er gerade sparsam leben konnte. Bücher waren der einzige Luxus, den er sich erlaubte; und in Paris kann man sich diesen leicht gestatten. Wir trafen uns zum ersten Mal in einer kleinen Buchhandlung in der Rue Montmartre, wo uns ein Zufall – wir suchten beide dasselbe sehr seltene und merkwürdige Buch – in nähere Beziehung brachte. Wir sahen uns des öfteren wieder. Ich interessierte mich lebhaft für die kleine Familiengeschichte, die er mir mit der ganzen Aufrichtigkeit, mit welcher der Franzose von seinem eigenen Ich spricht, erzählte. Auch war ich über seine große Belesenheit erstaunt, und vor allem fühlte ich, wie meine Seele von der urwüchsigen Kraft und seltenen Üppigkeit seiner Phantasie mit entflammt wurde. Ich verfolgte damals ganz bestimmte Ziele in Paris und sagte mir, daß die Gesellschaft eines solchen Mannes zur Erreichung derselben von unermeßlichem Nutzen sein mußte. Ich teilte ihm dies auch offenherzig mit. Schließlich kamen wir überein, während meines Aufenthaltes in Paris zusammen zu wohnen; und da meine Verhältnisse weniger beschränkt waren als die seinen, war es mir möglich, ein wetterzerstörtes, grotesk anzuschauendes Haus, das wegen eines Aberglaubens, dem wir jedoch nicht weiter

Der Mord in der Spitalgasse

nachforschten, verödet stand und in einem abgelegenen, einsamen Teil des Faubourg St. Germain seinem Verfall entgegenging, zu mieten und in einem Stil zu möblieren, welcher der phantastischen Düsterkeit unserer beider Gemütsart wohl entsprach.

Wäre die Lebensweise, die wir in dieser Wohnung führten, der Welt bekannt geworden, man hätte uns für Wahnsinnige gehalten – wenn auch für harmlose. Besucher ließen wir jedoch niemals ein. Unseren Zufluchtsort hatte ich vor all meinen früheren Bekannten sorgfältig geheimgehalten. Dupin hatte schon seit Jahren jeglichen Verkehr in Paris aufgegeben. So lebten wir nur für uns allein. Mein Freund hatte die wunderliche Grille – wie sollte ich es anders nennen? –, in die Nacht um ihrer selbst willen verliebt zu sein; bald teilte ich diese Sonderbarkeit wie alle seine übrigen und überließ mich rückhaltlos solchen seltsamen Eigenarten. Die schwarze Gottheit wollte zwar nicht immer bei uns wohnen, doch schafften wir uns Ersatz für ihre Gegenwart. Beim ersten Morgendämmern schlossen wir alle die schweren Fensterläden des alten Hauses und zündeten ein paar stark parfümierte Kerzen an, die nur einen gespenstisch schwachen Schimmer um sich verbreiteten. Bei ihrem Licht versenkten wir unsere Seelen in Träume, lasen, schrieben, unterhielten uns, bis die Uhr den Anbruch der wahren Dunkelheit ankündigte. Dann eilten wir Arm

Der Mord in der Spitalgasse

in Arm hinaus in die Straßen, fuhren in den Gesprächen des Tages fort oder streiften bis spät in die Nacht umher und genossen in den seltsamen Licht- und Schattenseiten, wie sie jede volkreiche Stadt aufweist, jene Unendlichkeit von geistigen Anregungen, die sie dem ruhigen Beobachter allzeit gewähren. Bei solchen Gelegenheiten mußte ich immer wieder und wieder Dupins hervorragende Fähigkeiten zu analysieren, auf die mich sein reiches Geistesleben schon vorbereitet hatte, bemerken und bewundern. Die Ausübung derselben schien ihm – selbst wenn niemand Kenntnis davon nahm – lebhaftes Vergnügen zu bereiten, und er gestand dies auch offen ein. Mit leisem, kicherndem Lachen rühmte er sich einstmals mir gegenüber, daß die meisten Menschen für ihn Fenster in der Brust hätten, und oft unterstützte er derartige Behauptungen durch sofortige und erschreckend deutliche Beweise, die mir zeigten, daß er mich selbst und meine Gedanken auf das genaueste erriet.

In solchen Augenblicken war sein Wesen kalt und wie zerstreut, seine Augen blickten ausdruckslos vor sich hin, seine Stimme, die sonst einen Tenorklang hatte, schraubte sich zu einem Diskant herauf, den man für Ausgelassenheit gehalten haben könnte, wenn einem nicht die Bedachtsamkeit und Deutlichkeit der Aussprache aufgefallen wäre.

Der Mord in der Spitalgasse

Wenn ich ihn in solchen Stimmungen sah, mußte ich immer an die alte Philosophie von dem Zweiseelensystem denken und amüsierte mich mit der Vorstellung eines doppelten Dupin, eines schöpferischen und eines auflösenden.

Es wäre jedoch falsch, wenn man hieraus schließen wollte, daß ich beabsichtigte, ein Geheimnis zu entschleiern oder einen Roman zu schreiben. Was ich von dem Franzosen erzählte, war nur einfache Tatsache und als solche das Ergebnis einer übererregten, vielleicht krankhaften Intelligenz. Die beste Vorstellung von der Art seiner Beobachtungen in jener Zeit wird folgendes Beispiel geben.

Eines Abends schlenderten wir eine lange, schmutzige Straße in der Nähe des Palais Royal hinunter. Da wir beide tief in Gedanken waren, hatten wir wohl eine Viertelstunde lang kein Wort miteinander gesprochen, bis Dupin ganz plötzlich ausrief: „Er ist wirklich ein sehr kleiner Kerl und würde besser aufs Varietétheater passen." – „Zweifellos", erwiderte ich unwillkürlich und bemerkte zuerst gar nicht (so tief war ich in Nachdenken versunken gewesen), auf welch sonderbare Art diese Worte meine Träumereien fortsetzten.

Gleich darauf besann ich mich und geriet natürlich in Erstaunen. „Dupin", sagte ich ernst, „das geht über meine Begriffe. Ich sage Ihnen offen, daß ich sehr überrascht bin und meinen Sinnen kaum trauen kann. Wie konnten Sie wissen, daß meine Gedanken gerade bei ..." Ich hielt inne, um mich ganz und gar zu überzeugen, ob er wisse, an wen ich gedacht hatte. „... bei Chantilly waren", vollendete er. „Weshalb hielten Sie inne? Sie dachten doch vorhin darüber nach, daß ihn seine kleine Statur zum Tragöden untauglich mache!?"

Über diesen Punkt hatte ich allerdings soeben nachgesonnen. Chantilly war ein ehemaliger Schuhflicker aus der Rue St. Denis, der in einem Anfall von Theaterwut versucht hatte, die Rolle des Xerxes in Crébillons gleichnamiger Tragödie zu spielen und für seine Mühe nur bitteren Hohn geerntet hatte.

„Erklären Sie mir um Himmels willen," rief ich aus, „die Methode – wenn Sie methodisch vorgegangen sind –, mit der Sie meine Seele derart erforschen konnten." Ich war in Wirklichkeit noch verblüffter, als ich zeigen wollte. „Der Obsthändler", versetzte mein Freund, „veranlaßte Sie zu dem Schluß, der Sohlenflicker sei nicht groß genug für einen Xerxes und die ganze Reihe ähnlicher Rollen."

„Der Obsthändler? Wieso? Ich kenne gar keinen."

„Ich meine den Mann, der Sie beim Einbiegen in die Straße anrempelte. Es ist vielleicht eine Viertelstunde her." Jetzt erinnerte ich mich, daß ich in der Tat von einem Obsthändler, der einen großen Korb

Der Mord in der Spitalgasse

Äpfel auf dem Kopf getragen, fast umgerannt worden wäre, als wir aus der Rue C. in den Durchgang einbogen, in dem wir jetzt standen. Aber was dies mit Chantilly zu tun hatte, war mir nicht klar.

Dupin war jedoch so wenig Scharlatan, wie nur irgend jemand. „Ich will Ihnen die Sache erklären", sagte er, „und damit Sie alles recht verstehen, wollen wir den Lauf Ihrer Gedanken zurückverfolgen, von dem Augenblick an, da ich Ihre Betrachtungen unterbrach, bis zu dem Zusammenstoß mit dem Obsthändler. Die Hauptglieder der Kette sind folgende: Chantilly, Orion, Dr. Nichols, Epikur, Stereotomie, das Straßenpflaster, der Obsthändler."

Es gibt wenig Leute, die sich nicht zuweilen damit amüsiert hätten, die Schritte zurückzuverfolgen, durch die ihr Verstand zu irgendwelchen Schlüssen gekommen ist. Die Beschäftigung kann sehr interessant sein; und mancher, der sich zum erstenmal in ihr versucht, ist höchst erstaunt über die scheinbar unendliche Entfernung zwischen dem Ausgangspunkt und dem Endpunkt seiner Gedanken und die Unzusammengehörigkeit beider. Groß war auch mein Erstaunen, als ich nun die Ausführungen des Franzosen vernahm und zugeben mußte, daß er die Wahrheit sprach.

Er fuhr fort: „Wir hatten, wenn ich mich recht erinnere, kurz ehe wir die Rue C. verließen, von Pferden geredet. Das war unser letzter Gesprächsstoff.

Der Mord in der Spitalgasse

Als wir in diese Straße einbogen, eilte ein Obsthändler mit einem großen Korb Äpfel auf dem Kopf rasch an uns vorüber und drängte Sie dabei auf einen Haufen Pflastersteine, die an einer Stelle, wo der Fußsteig ausgebessert wird, aufgeschüttet lagen. Sie traten auf einen der losen Steine, glitten aus, verstauchten sich ganz leicht den Fuß, schienen verärgert oder verstimmt, murmelten ein paar Worte, blickten sich nach dem Steinhaufen um und gingen dann schweigend weiter. Ich schenkte Ihnen keine weitere Aufmerksamkeit, nur ist mir seit einiger Zeit das Beobachten zur Notwendigkeit geworden: Ich nahm also wahr, daß Sie Ihre Blicke zu Boden gesenkt hielten, mit unmutigem Ausdruck die Löcher und Spalten im Pflaster betrachteten, woraus ich schließen mußte, daß Sie noch an die Steine dachten, bis wir die kleine Lamartinestraße erreichten, die versuchsweise mit gerippten, fest übereinandergreifenden Steinen gepflastert ist. Hier hellte sich Ihr Gesicht wieder auf, und als ich sah, daß Sie die Lippen bewegten, konnte ich nicht zweifeln, daß Sie das Wort „Stereotomie" flüsterten, übrigens ein ziemlich anspruchsvoller Name für diese einfache Art von Pflasterung. Ich wußte, daß Sie das Wort nicht aussprechen konnten ohne an Atome und weiter an die Lehre Epikurs denken zu müssen, und da ich Ihnen gegenüber, als wir vor kurzem über diesen Gegenstand redeten, bemerkt hatte, wie wunderbar die vagen Vermutungen dieses edlen Griechen von den neueren Entdeckungen der Nebular-Kosmogonie bestätigt worden seien, erwartete ich mit Gewißheit, daß Sie zu dem großen Nebel im Orion aufblicken würden. Sie taten es, und ich war sicher, Ihrem Gedankengang richtig gefolgt zu sein. In dem bitteren Spottartikel über Chantilly, der gestern im *Musée* erschien, machte der Satiriker einige verächtliche Anspielungen auf die Namensveränderung, die der Schuhflicker beim Besteigen des Kothurn vorgenommen, und führte einen lateinischen Vers an, über den wir oft gesprochen hatten, nämlich: „Perdidit antiquum litera prima sonum." Ich sagte Ihnen, daß sich dies auf den Orion bezöge, den man früher Urion schrieb, und war sicher, daß Sie die Erklärung wegen gewisser Einzelheiten, die mit ihr verbunden waren, nicht vergessen hatten. Ich konnte also mit Sicherheit schließen, daß Sie die beiden Begriffe Orion und Chantilly unwillkürlich miteinander verbinden würden. Daß dies auch wirklich der Fall war, erkannte ich an der Art des Lächelns, das jetzt um Ihre Lippen zuckte. Sie dachten an die Abschlachtung des armen Schusters. Bis dahin waren Sie ein wenig gebückt einhergegangen, nun sah ich, daß Sie sich zu Ihrer vollen Höhe aufrichteten. Ich war überzeugt, daß Sie an die kleine Statur Chantillys dachten. An dieser Stelle unterbrach ich Ihren

Gedankengang mit der Bemerkung, daß er wirklich ein kleines Kerlchen sei und besser täte, zum Varieté zu gehen."

Kurze Zeit später lasen wir zusammen die *Gazette des Tribunaux* durch und wurden auf folgende Notiz aufmerksam: „Sensationeller Mord!!! Heute morgen gegen drei Uhr wurden die Bewohner des Quartiers St. Roch durch anhaltendes gräßliches Geschrei aus dem Schlaf geschreckt. Die Hilferufe drangen anscheinend aus dem vierten Stockwerk eines Hauses in der Spitalgasse hervor, welches, wie man wußte, nur von einer Madame L'Espanaye und ihrer Tochter, Mademoiselle L'Espanaye, bewohnt war. Nach einigen Verzögerungen, die dadurch entstanden waren, daß man versucht hatte, sich auf gewöhnlichem Weg Eingang zu verschaffen, wurde die Haustür mit einer Eisenstange aufgebrochen, und acht oder zehn Nachbarn traten, von zwei Gendarmen begleitet, ein. Mittlerweile waren die Schreie verstummt, aber als die Leute die ersten Treppen hinaufstürzten, unterschieden sie zwei oder mehr rauhe Stimmen, die sich ärgerlich stritten und aus dem oberen Teile des Hauses hervorzudringen schienen. Als man den zweiten Treppenabsatz erreichte, hörten auch die Töne auf, und alles blieb totenstill. Die Leute verteilten sich und eilten von einem Zimmer ins andere. Ein großes Hinterzimmer im vierten Stock fanden sie von in-

Der Mord in der Spitalgasse

nen verschlossen und brachen die Türe auf. Da bot sich ein Anblick dar, der die Anwesenden mit Grauen und nicht geringem Erstaunen erfüllte.

Das Zimmer war in der wildesten Unordnung: die Möbel zertrümmert und nach allen Seiten umhergeworfen. Aus einer Bettstelle waren die Betten herausgerissen und in die Mitte des Zimmers geschleppt worden. Auf einem Stuhl lag ein mit Blut beflecktes Rasiermesser. Auf dem Kamin fand man zwei oder drei lange, dicke Flechten von grauem Menschenhaar, die auch mit Blut besudelt waren und mit den Wurzeln herausgerissen zu sein schienen. Auf dem Boden lagen vier Napoleons, ein Ohrring mit einem Topas, drei große silberne Löffel, drei kleinere aus Métal d'Alger und zwei Beutel, die beinahe viertausend Francs in Gold enthielten. Die Schubfächer eines Schreibtisches standen offen und waren ohne Zweifel geplündert worden, obgleich sie noch eine Menge Gegenstände enthielten. Eine kleine eiserne Geldkiste wurde unter den Betten (nicht unter der Bettstelle) gefunden. Sie stand ebenfalls offen, der Schlüssel steckte noch im Schloß. Ihr Inhalt bestand aus alten Briefen und einigen anderen unwichtigen Papieren.

Von Madame L'Espanaye war keine Spur zu entdecken. Da man auf dem Kamin eine ungewöhnliche Menge Ruß bemerkte, forschte man im Kaminrohr nach und zog – es ist grauenhaft, nur daran zu denken – den Leichnam der Tochter aus ihm hervor, der mit dem Kopf nach unten ziemlich hoch in den engen Schlot hinaufgezwängt worden war. Der Körper war noch ganz warm. Bei der Untersuchung entdeckte man zahlreiche Hautabschürfungen, die ohne Zweifel durch die Heftigkeit, mit welcher man den Leichnam hinaufgeschoben und wieder herausgezogen hatte, verursacht worden waren. Das Gesicht wies viele schwere Kratzwunden auf, und an der Kehle waren tiefe Fingerabdrücke und dunkle Quetschungen zu sehen, als sei die Tote erwürgt worden.

Nachdem man alle Teile des Hauses auf das gründlichste untersucht hatte, ohne Näheres zu entdecken, begaben sich die Leute in einen gepflasterten Hof an der Rückseite des Hauses. Hier fand man den Körper der alten Dame mit so vollständig durchschnittenem Hals, daß der Kopf, bei dem Versuche die Leiche aufzurichten, abfiel. Der Körper sowohl wie der Kopf waren auf das gräßlichste verstümmelt, letzterer in einer Weise, daß er kaum noch etwas Menschlichem ähnlich sah. Man hat unseres Wissens bis jetzt noch nicht den geringsten Anhalt zu einer Aufklärung dieser entsetzlichen Mordtat gefunden."

Am nächsten Morgen brachte die Zeitung weitere Einzelheiten über den grausamen Fall: Das Trauerspiel in der Spitalgasse!!! – Man hat viele Perso-

Der Mord in der Spitalgasse

nen über dies außergewöhnliche, fürchterliche Ereignis verhört, ohne das Geringste zu entdecken, das Licht in die Sache bringen könnte. Wir geben untenstehend die Aussagen der Zeugen wieder: Pauline Dubourg, Wäscherin, sagt aus, daß sie die beiden Verstorbenen seit drei Jahren kenne, da sie während dieser Zeit für dieselben gewaschen habe. Die alte Dame und ihre Tochter schienen in gutem Einvernehmen miteinander zu leben und behandelten sich gegenseitig liebenswürdig und rücksichtsvoll. Sie bezahlten ausgezeichnet. Sie könne nicht sagen, wie oder wovon sie lebten. Sie glaube, daß Madame L'Espanaye von Beruf Wahrsagerin gewesen sei. Dieselbe habe im Ruf gestanden, sich ein Vermögen erspart zu haben. Sie, die Zeugin, habe nie einen Menschen dort getroffen, wenn sie die Wäsche dort abgeholt oder hingebracht hätte. Sie sei sicher, daß die Damen keinen Dienstboten gehalten hätten. Anscheinend sei kein Teil des Hauses außer dem vierten Stockwerk ausmöbliert gewesen.

Pierre Moreau, Tabakhändler, sagt aus, daß er seit beinahe vier Jahren kleine Partien Rauch- und Schnupftabak an Madame L'Espanaye verkauft habe. Er sei in der Nachbarschaft geboren und immer dort ansässig gewesen. Die Verstorbene und ihre Tochter bewohnten das Haus, in dem man die Leichen gefunden, schon mehr als sechs Jahre. Früher habe es ein Juwelier innegehabt, der die oberen Zimmer an verschiedene Personen vermietet hatte. Das Haus war das Eigentum der Madame L'Espanaye. Sie war unzufrieden über den Mißbrauch, den die Mieter mit den Räumlichkeiten trieben, zog selbst hinein und weigerte sich, die nicht von ihr bewohnten Teile anderweitig zu vermieten. Die alte Dame war kindisch. Der Zeuge hat die Tochter im Laufe von sechs Jahren etwa fünf- bis sechsmal gesehen. Die beiden Damen führten ein außerordentlich zurückgezogenes Leben, man hielt sie für wohlhabend. Er habe von Nachbarn gehört, Madame L'Espanaye sei Wahrsagerin, habe es aber nicht geglaubt. Er habe niemals jemand anderen in das Haus eintreten sehen, als die alte Dame und ihre Tochter, ein- oder zweimal einen Portier und acht- oder zehnmal einen Arzt.

Das Zeugnis mehrerer anderer Personen aus der Nachbarschaft lief auf dasselbe hinaus. Man kannte niemanden, der das Haus selbst betreten hatte, und wußte nicht, ob Madame L'Espanaye und ihre Tochter lebende Verwandte hatten. Die Läden der vorderen Fenster wurden selten geöffnet. Die nach dem Hof hinaus gingen, waren immer geschlossen, mit Ausnahme derer des großen Hinterzimmers im vierten Stock. Das Haus war gut gebaut und noch nicht alt.

Isidore Muset, Gendarm, sagt aus, daß er gegen drei Uhr des Morgens nach dem Hause gerufen wor-

Der Mord in der Spitalgasse

den sei und einige zwanzig oder dreißig Personen vor der Haustür angetroffen habe, die sich bemühten, sich Eingang zu verschaffen. Er öffnete schließlich die Tür mit einem Bajonett, nicht mit einer Eisenstange. Es habe nur wenig Mühe gekostet, da es eine Doppel- oder Flügeltür gewesen, die weder nach oben noch nach unten zugeriegelt worden war. Das Geschrei ertönte fort, bis die Tür aufgebrochen war, und verstummte dann plötzlich. Es schien von einer Person oder von mehreren in größter Todesangst ausgestoßen zu werden, war laut und langgezogen, nicht kurz und rasch. Der Zeuge führte den Zug die Treppe hinauf. Als er den ersten Treppenabsatz erreicht, vernahm er zwei Stimmen, offenbar in lautem, ärgerlichem Wortwechsel – die eine rauh und barsch, die andere eine ganz sonderbare Stimme, kreischend und schrill. Er konnte ein paar Worte der ersten Stimme, die offenbar einem Franzosen angehörte, verstehen. Er behauptet mit Bestimmtheit, daß es keine Frauenstimme war. Er unterschied die Worte „sacre" und „diable"; die schrille Stimme war die eines Fremden. Er könne nicht gewiß sagen, ob es die Stimme eines Mannes oder einer Frau gewesen sei. Auch habe er nicht zu unterscheiden vermocht, was gesprochen wurde, meinte jedoch, es sei Spanisch gewesen. Der Zustand des Zimmers und der Leichen wurde von dem Zeugen so beschrieben, wie wir gestern berichtet haben.

Henri Duval, ein Nachbar, von Beruf Silberschmied, sagt aus, daß er unter den ersten war, die das Haus betraten. Bestätigt in der Hauptsache das Zeugnis Musets. Sobald die Leute sich den Eintritt erzwungen hatten, schlossen sie das Haus wieder, um die Menge, die sich trotz der späten Stunde schnell ansammelte, abzuhalten. Der Zeuge hält die schrille Stimme für die eines Italieners. Er erklärt mit Bestimmtheit, daß der Sprecher kein Franzose gewesen sein könne, wisse jedoch nicht bestimmt, ob die Stimme eine Männerstimme gewesen, hält es nicht für ausgeschlossen, daß es eine Frauenstimme war. Er versteht kein Italienisch und konnte deshalb keine Worte unterscheiden, glaubt jedoch nach dem Klang schließen zu dürfen, daß es wohl Italienisch gewesen sei. Der Zeuge kannte Frau L'Espanaye und ihre Tochter. Hat häufig mit ihnen gesprochen. Ist sicher, daß die schrille Stimme keiner der beiden Verstorbenen angehört hat.

Odenheimer, Restaurateur. – Der Zeuge war nicht geladen und gab sein Zeugnis freiwillig ab. Da er nicht Französisch sprach, wurde er durch einen Dolmetscher vernommen. Er ist aus Amsterdam gebürtig. Kam während des Geschreis am Haus vorüber. Das Schreien dauerte mehrere – vielleicht zehn – Minuten lang. Es klang langgezogen und laut, grauenhaft, nervenerschütternd. War unter denen, die das Haus betraten. Bestätigte alle vor-

Der Mord in der Spitalgasse

hergegangenen Aussagen, eine einzige ausgenommen. Er sei sicher, daß die schrille Stimme die eines Mannes, und zwar die eines Franzosen gewesen sei. Konnte die einzelnen Worte nicht unterscheiden. Die Stimme habe laut und schnell geklungen, ungleichmäßig, anscheinend sowohl von Furcht als auch von Ärger in die Höhe getrieben. Er könne sie eigentlich nicht schrill nennen. Die barsche Stimme habe wiederholt „sacre, diable" und einmal „Mon Dieu" gesagt.

Jules Mignaud, Bankier, Inhaber der Firma Mignaud & Söhne, Rue Deloraine, – er ist der ältere Mignaud – sagt aus, Frau L'Espanaye habe etwas Vermögen besessen und vor acht Jahren ihr Kapital bei ihm angelegt. Sie habe auch häufig kleinere Summen bei ihm niedergelegt, doch nie Kapital zurückgezogen, außer am dritten Tag vor ihrem Tode, an dem sie persönlich die Summe von 4000 Francs abgehoben. Das Geld wurde in Gold ausbezahlt, und ein Kassenbote mit demselben in ihr Haus geschickt.

Adolphe Lebon, Kassenbote bei Mignaud & Söhne, sagt aus, daß er an dem fraglichen Tag gegen Mittag Frau L'Espanaye mit den in zwei Beuteln verteilten 4000 Francs in ihre Wohnung begleitet habe. Als die Tür geöffnet wurde, sei Fräulein L'Espanaye erschienen und habe einen Beutel in Empfang genommen, während er der alten Dame den anderen aushändigte. Darauf habe er sich verabschiedet und sei gegangen. Auf der Straße habe er niemanden bemerkt. Die Spitalgasse ist eine Nebenstraße und fast immer menschenleer.

William Bird, Schneider, sagt aus, daß er unter denen gewesen sei, die das Haus betraten. Er ist Engländer. Lebt seit zwei Jahren in Paris. War einer der ersten, welche die Treppe hinaufstiegen. Hörte die Stimmen der Streitenden. Hält die barsche Stimme für die eines Franzosen. Hat mehrere Worte verstanden, jedoch nicht alle behalten. Vernahm deutlich nur „sacre" und „Mon Dieu". Es habe einen Augenblick so geklungen, als kämpften mehrere Personen miteinander; er habe scharrendes, schlürfendes Geräusch vernommen. Die schrille Stimme klang sehr laut, lauter als die barsche. Er sei sicher, daß es nicht die Stimme eines Engländers gewesen sei. Schien ihm von einem Deutschen herzurühren. Könnte auch eine Frauenstimme gewesen sein. Er verstehe kein Deutsch.

Vier der genannten Zeugen, die man wieder vorgeladen hatte, sagten aus, daß die Tür des Zimmers, in welchem man den Körper des Fräuleins L'Espanaye gefunden habe, von innen abgeschlossen gewesen sei, als der Trupp Leute dieselbe erreichte. Alles war vollständig ruhig – kein Stöhnen noch sonst ein Geräusch mehr zu hören. Als man die Tür aufbrach, war niemand zu sehen. Die Fenster, sowohl die nach hinten als auch die nach vorn heraus, waren geschlossen und von innen fest verriegelt. Eine Tür zwischen den beiden Zimmern war zugeschlagen, doch nicht verschlossen. Die Tür, die aus dem Vorderzimmer auf den Korridor führte, war geschlossen, der Schlüssel steckte inwendig. Ein kleines, auf dem vierten Stock nach vorn heraus gelegenes Zimmer am Ende des Korridors war offen. Die Tür stand weit auf. Dies Zimmer war mit alten Betten, Koffern etc. vollgestopft. Man räumte es sorgfältig aus und untersuchte es aufs genaueste. Nicht ein Zoll im ganzen Haus blieb undurchforscht. Selbst die Kamine ließ man auf das gründlichste kehren. Das Haus war vierstöckig und enthielt Mansarden. Eine Falltür auf das Dach hinaus war sehr fest zugenagelt und schien seit Jahren nicht geöffnet worden zu sein. Die Angaben über die Länge der Zeit von dem Augenblick an, in welchem man die streitenden Stimmen vernahm, bis zu dem, in welchem man die Zimmertür aufbrach, schwankten. Einige Zeugen nahmen an, es seien drei Minuten gewesen, andere behaupteten, es seien wenigstens fünf verflossen. Die Tür konnte nur schwer geöffnet werden.

Alfonso Garcío, Leichenbestatter, sagt aus, daß er in der Spitalgasse wohne. Ist aus Spanien gebürtig. War unter denen, die das Haus betraten. Stieg jedoch die Treppe nicht hinauf. Ist nervös und fürchtete die Folgen der Aufregung. Hörte die streitenden Stimmen. Die barsche Stimme sei die eines Franzosen gewesen. Konnte nicht unterscheiden, was sie sprach. Die schrille Stimme gehörte einem Engländer, das sei gewiß. Versteht kein Englisch, urteilt nach dem Tonfall.

Alberto Montani, Konditor, sagt aus, daß er mit unter den ersten war, die die Treppe hinaufstiegen. Hörte die fraglichen Stimmen. Die barsche Stimme sei die eines Franzosen gewesen. Unterschied mehrere Worte. Der Sprecher schien Vorstellungen zu machen. Die Worte der schrillen Stimme waren unverständlich. Sie sprach rasch und ungleichmäßig. Er halte sie für die eines Russen. Bestätigte das allgemeine Zeugnis. Er sei Italiener und habe nie mit einem geborenen Russen gesprochen.

Mehrere Zeugen, die man wieder vorlud, sagten aus, daß die Kamine aller Zimmer der vierten Etage zu eng seien, um einen Menschen durchzulassen. Doch fegte man jeden Rauchfang im Haus mit zylinderförmigen Bürsten, wie sie Kaminkehrer benutzen, gründlich aus. Es gibt im Hause keine Hintertreppe, über die jemand hätte entfliehen können, während der Trupp Leute die Treppe hinaufstieg. Der Körper des Fräulein L'Espanaye war so fest in den Kamin eingezwängt, daß es nur den vereinten Kräften von vier oder fünf Männern gelang, ihn wieder herauszuziehen.

Der Mord in der Spitalgasse

Paul Dumas, Arzt, sagt aus, daß er bei Tagesanbruch zur Besichtigung der Leichen herbeigerufen worden sei. Sie lagen beide auf der Matratze der Bettstelle, die in dem Zimmer stand, in welchem Fräulein L'Espanaye gefunden worden war. Der Leichnam des jungen Mädchens war schrecklich zerquetscht und zerschunden. Der Umstand, daß er in den Kamin hinaufgestoßen worden, erklärte diese Erscheinung genügend. Die Kehle war vollständig zusammengepreßt. Dicht unter dem Kinn befanden sich mehrere tiefe Kratzwunden sowie eine Reihe bläulicher Flecken, die offenbar von dem Druck der Finger herrührten. Das Gesicht war gräßlich angelaufen und die Augen aus den Höhlen hervorgetreten. Die Zunge war zum Teil durchgebissen. In der Magengrube entdeckte man eine große Quetschung, die anscheinend von dem Drucke eines Knies herrührte. Dem Gutachten des Herrn Dumas zufolge war Fräulein L'Espanaye von einer oder mehreren unbekannten Personen erwürgt worden. Der Leichnam der Mutter war ebenfalls schrecklich verstümmelt. Alle Knochen des rechten Armes und des rechten Beines waren mehr oder weniger gebrochen. Das linke Schienbein und die Rippen der linken Seite waren zersplittert. Der ganze Körper war in grauenerregender Weise zerquetscht und blutunterlaufen. Es war ganz unmöglich, festzustellen, auf welche Art und Weise die Verletzungen herbeigeführt worden waren. Eine schwere Holzkeule oder eine breite Eisenstange, ein Stuhl oder irgendeine große, schwere, stumpfe Waffe, von der Hand eines überaus kräftigen Mannes geschwungen, könnte solche Verletzungen hervorbringen. Keine Frauensperson hätte mit irgendwelcher Waffe derartige Schläge austeilen können. Der Kopf der Toten war bei der Besichtigung durch den Zeugen ganz vom Körper abgetrennt und auch vollständig zerschmettert. Die Kehle war augenscheinlich mit einem sehr scharfen Instrument, wahrscheinlich mit einem Rasiermesser, durchschnitten worden.

Alexandre Etienne, Wundarzt, war mit Herrn Dumas zur Besichtigung der Leiche gerufen worden. Er bestätigte das Zeugnis und das Gutachten des Herrn Dumas.

Es ließ sich nichts weiter von Bedeutung feststellen, obwohl noch eine ganze Reihe von Personen verhört wurde. Noch nie ist in Paris ein so geheimnisvoller, in allen Einzelheiten so unerklärlicher Mord ausgeführt worden – wenn man hier überhaupt von einem Morde reden kann. Die Polizei hat nicht den allergeringsten Anhaltspunkt – etwas ganz Ungewöhnliches in solchen Fällen. Es ist auch nicht der Schatten einer Erklärung der schreckensvollen Begebenheit vorhanden."

Die Abendausgabe des Blattes berichtete, daß im Quartier St. Roch noch immer die größte Aufregung

Der Mord in der Spitalgasse

herrsche, daß der Tatort noch einmal auf das sorgfältigste untersucht und neue Verhöre angestellt worden seien – aber leider ergebnislos. Ein Postscriptum teilte noch mit, daß Adolphe Lebon verhaftet und ins Untersuchungsgefängnis abgeführt worden sei, obgleich ihn außer den oben erwähnten Einzelheiten nichts belaste.

Dupin schien sich merkwürdig für den Verlauf dieser Affäre zu interessieren – ich schloß es wenigstens aus seinem Benehmen: er erwähnte sie mit keinem Wort. Erst nachdem er die Nachricht von der Verhaftung des Lebon gelesen, fragte er mich, was ich von der Angelegenheit halte.

Ich konnte mich nur der Meinung von ganz Paris anschließen, daß hier ein unauflösliches Geheimnis walte, und sah kein Mittel, die verborgene Spur des Mörders aufzudecken.

„Wir dürfen die Mittel nicht nach diesem oberflächlichen Verhör beurteilen", sagte Dupin. „Der vielgerühmte Scharfsinn der Pariser Polizei ist nur Schlauheit, weiter nichts. Sie folgt bei ihrem Vorgehen keiner anderen Methode als der, welche der Augenblick ihr eben eingibt. Sie handelt nach einer bestimmten Auswahl von Regeln, die nicht selten ihrem Zweck so schlecht entsprechen, daß man unwillkürlich an jenen Herrn erinnert wird, der seinen Schlafrock verlangte, um die Musik besser hören zu können. Die erreichten Erfolge sind ja zuweilen überraschend groß, doch verdankt sie dieselben meist nur ihrem Fleiß und ihrer Rührigkeit. Wo diese beiden Eigenschaften nicht ausreichen, mißlingen alle ihre Anstrengungen. Vidocq zum Beispiel war äußerst geschickt im Erraten, beharrlich und ausdauernd. Aber da sein Denken nicht geschult war, geriet er in einem fort in Irrtümer, in denen er dann seiner Natur gemäß noch hartnäckig verharrte. Er hielt sich seine Gegenstände so nahe vor das Auge, daß er vielleicht ein oder zwei Punkte mit außergewöhnlicher Schärfe wahrnahm, dafür aber naturgemäß keinen Überblick über das Ganze gewinnen konnte. So geht es immer, wenn man allzutief sein will. Die Wahrheit ist nicht immer in einem Brunnen versteckt. Ich glaube im Gegenteil, daß sie, was wichtigere Erkenntnisse anbelangt, meistens auf der Oberfläche liegt. Die Wahrheit liegt nicht in den Tälern, in denen wir sie suchen, sondern auf den Berggipfeln, auf denen wir sie suchen sollten. Die Betrachtung der Himmelskörper versinnbildlicht uns ausgezeichnet die Art und den Ursprung dieses Irrtums. Blickt man einen Stern flüchtig oder von seitwärts an, so daß man ihm die äußeren Partien der Netzhaut zuwendet, die für schwache Lichteindrücke empfindlicher sind als die inneren, so erblickt man den Stern und seinen Glanz am deutlichsten. Das Licht wird im gleichen Verhältnis trüber werden, in welchem wir unseren Blick voll

Der Mord in der Spitalgasse

auf ihn richten. Im letzteren Fall nimmt das Auge zwar eine größere Menge Strahlen auf, im ersteren jedoch besitzt es eine verfeinerte Aufnahmefähigkeit. Durch übertriebene Tiefsinnigkeit schwächen und verwirren wir den Gedanken; und man kann die Venus selbst vom Firmament verschwinden lassen durch zu anhaltendes, zu scharfes oder zu unmittelbares Anstarren.

Was den Mord anbetrifft, so wollen wir, ehe wir uns eine Meinung bilden, erst für uns ganz allein Nachforschungen anstellen. Sie werden uns sicherlich viel Vergnügen bereiten." Ich fand den Ausdruck an dieser Stelle ziemlich sonderbar, sagte aber nichts. „Außerdem", fuhr Dupin fort, „hat mir Lebon einmal einen Dienst erwiesen, für den ich ihm nicht undankbar sein werde. Wir wollen uns den Tatort mit eigenen Augen ansehen. Ich kenne den Polizeipräfekten G. und werde ohne Schwierigkeit die hierzu nötige Erlaubnis erhalten können."

Er erhielt sie auch wirklich, und wir begaben uns sogleich nach der Spitalgasse. Sie ist eine der elenden Querstraßen, die die Richelieustraße mit der Rue St. Roch verbinden. Wir erreichten sie spät am Nachmittag, da das Quartier St. Roch von unserem Stadtviertel ziemlich weit entfernt liegt. Das Haus wurde leicht gefunden, denn auf dem gegenüberliegenden Trottoir stand eine Menge Menschen, die in gegenstandsloser Neugierde auf die geschlossenen Fensterläden starrte. Es war ein richtiges Pariser Haus mit einem Torweg, dem zur Seite ein Schiebefensterchen angebracht war, das die Portierloge anzeigte. Ehe wir eintraten, gingen wir die Straße hinauf, bogen in eine Seitengasse ein, wandten uns wieder zurück und gingen auch an der Hinterseite des Hauses vorbei, während Dupin sowohl die ganze Nachbarschaft als auch das Haus mit einer gründlichen Aufmerksamkeit betrachtete, die ich für ziemlich überflüssig hielt. Dann wandten wir unsere Schritte wieder der Front des Hauses zu, klingelten, zeigten unsere Erlaubnisscheine vor und wurden von dem wachhabenden Beamten eingelassen. Wir begaben uns nach oben und traten in das Zimmer, in dem man den Leichnam des Fräulein L'Espanaye gefunden, und in dem die beiden Verstorbenen noch lagen. An der Unordnung im Zimmer war, wie in solchen Fällen immer, nichts geändert worden. Ich bemerkte nichts weiter als das, was in der *Gazette des Tribunaux* schon erwähnt worden war. Dupin untersuchte alles aufs gründlichste, selbst die Körper der Opfer. Wir durchschritten die übrigen Zimmer und traten in den Hof; ein Gendarm begleitete uns auf Schritt und Tritt. Die Untersuchungen nahmen uns bis zum Anbruch der Dunkelheit in Anspruch, dann verabschiedeten wir uns. Auf unserem Heimweg trat mein Gefährte einen Augenblick in die Expedition eines der Tagesblätter ein. Ich habe schon gesagt, daß Dupin voll der bizarrsten Launen war, und daß ich ihn so viel wie möglich seine eigenen Wege gehen ließ. Heute hatte er sich in den Kopf gesetzt, bis Mittag des nächsten Tages jeder Unterhaltung über das Mordthema auszuweichen. Dann jedoch fragte er mich plötzlich, ob ich nicht irgend etwas Besonderes an der Stätte des Greuels wahrgenommen habe.

In der Art und Weise, wie er das Wort „Besonderes" hervorhob, lag etwas, das mich schaudern machte, ohne daß ich wußte, weshalb. „Nein", antwortete ich, „nichts Besonderes, wenigstens nichts mehr, als schon in der Zeitung gestanden hat." – „Die *Gazette*", meinte er, „hat, wie ich fürchte, das ungewöhnlich Grauenhafte der Sache nicht recht begriffen. Aber sehen wir von den müßigen Ansichten dieser Zeitung ab. Mir scheint es, daß das Geheimnis gerade aus dem Grunde leicht zu enthüllen ist, aus dem es für unerklärlich gehalten wird; ich meine, daß die Umstände, unter denen die Tat geschehen ist, nur ein kleines, deutlich begrenztes Feld für Vermutungen zulassen. Die Polizei ist verwirrt, weil anscheinend jedes Motiv, wenn nicht zum Mord selbst, so doch zu der Scheußlichkeit des Mordes fehlt. Sie steht verblüfft vor der scheinbaren Unmöglichkeit, die vielfach gehörten streitenden Stimmen mit der Tatsache in Einklang zu bringen, daß man oben im Haus außer der Ermordeten niemanden entdeckte, und doch keiner das Haus verlassen konnte, ohne an den heraufeilenden Leuten vorüberzukommen. Die wilde Unordnung im Zimmer, der mit dem Kopf nach unten in den Schornstein hinaufgezwängte Leichnam, die gräßlichen Verstümmelungen am Körper der alten Dame sowie noch einige weitere Tatsachen, die ich nicht zu erwähnen brauche, haben genügt, um die geistigen Kräfte der Polizeibeamten lahmzulegen, indem sie ihren gerühmten Scharfsinn irreführten. Sie sind in den groben, aber häufig vorkommenden Irrtum verfallen, das Ungewöhnliche mit dem Geheimnisvollen zu verwechseln. Aber gerade dies Abweichen vom Weg des Gewöhnlichen ist für die Vernunft ein Fingerzeig, der sie auf die Straße zur Wahrheit weist. Bei Nachforschungen von der Art der unsrigen sollte man nicht so sehr fragen: ‚Was ist geschehen?', sondern vielmehr: ‚Was ist geschehen, was noch niemals vorher geschehen ist?' In der Tat steht die Leichtigkeit, mit der ich zu der Lösung des Rätsels gelangen werde oder schon gelangt bin, in gleichem Verhältnis zu seiner scheinbaren Unauflösbarkeit in den Augen der Polizei."

In sprachlosem Erstaunen starrte ich den Sprecher an. „Ich erwarte jetzt", fuhr er, nach der Tür blickend, fort, „eine Person, die, wenn auch vielleicht nicht gerade der Täter, so doch an der Ausübung der Metzeleien in gewissem Grade beteiligt

Der Mord in der Spitalgasse

gewesen sein muß. An dem schlimmsten Teile der begangenen Verbrechen ist er höchstwahrscheinlich unschuldig. Ich hoffe, daß ich mit dieser Voraussetzung recht habe, denn ich habe meine ganze Hoffnung, das Rätsel vollständig lösen zu können, darauf aufgebaut. Ich erwarte diesen Mann hier, er kann jeden Augenblick eintreten. Es ist möglich, daß er nicht kommt, wahrscheinlicher, daß er es tun wird. Sollte dies der Fall sein, so müssen wir versuchen, ihn zurückzuhalten. Hier sind Pistolen; wir beide wissen ja damit umzugehen, falls die Gelegenheit es erfordern sollte."

Ich nahm die Pistolen, ohne recht zu wissen, was ich tat oder das, was ich hörte, zu glauben, während Dupin wie im Selbstgespräch fortfuhr. Ich habe schon von seinem zerstreuten Wesen zu solchen Zeiten gesprochen. Seine Worte waren an mich gerichtet, aber seine Stimme hatte, obgleich er sie nicht laut erhob, jene deutliche Intonation, derer man sich bedient, wenn man zu einer weit entfernten Person spricht. Seine Augen blickten vollständig ohne Ausdruck regungslos die Wand an. „Daß die von den Leuten auf der Treppe gehörten streitenden Stimmen nicht von den beiden Frauen herrührten, ist durch die Zeugenaussagen wohl bewiesen. Dies macht die Frage, ob nicht die alte Dame zuerst die Tochter und darauf sich selbst durch Selbstmord umgebracht habe, überflüssig.

Der Mord in der Spitalgasse

Ich erwähne diesen Punkt nur um des methodischen Vorgehens willen; denn die Körperkräfte der Frau L'Espanaye wären völlig unzureichend gewesen, den Leichnam der Tochter in den Kamin hinaufzuzwängen, und die Art der Verwundungen ihrer eigenen Person schließen jeden Gedanken an Selbstmord aus. Der Mord ist also von einer dritten Partei begangen worden. Und die Stimmen, die man gehört hat, waren die Stimmen dieser Partei. Lesen wir die Aussagen über diese Stimmen noch einmal durch, und zwar nicht das gesamte Zeugenmaterial, sondern nur das, was an denselben auffallend ist. Bemerkten Sie etwas Auffallendes?"

Ich antwortete, es sei wohl bemerkenswert, daß, während alle Zeugen die barsche Stimme übereinstimmend als von einem Franzosen herrührend erklärten, über die schrille oder, wie ein Zeuge meinte, die kreischende Stimme vollständig verschiedene Meinungen geäußert worden seien.

„Was sie sagten, betrifft das Zeugnis selbst, nicht das Auffallende daran. Sie haben also nichts Besonderes bemerkt, und doch war etwas zu bemerken. Wie Sie schon sagten, stimmten die Zeugen in ihren Aussagen über die barsche Stimme überein, und das Besondere in betreff der schrillen Stimme ist nicht, daß hier die Meinungen auseinandergehen, sondern daß, als ein Italiener, ein Engländer, ein Spanier, ein Holländer und ein Franzose sie zu be-

Der Mord in der Spitalgasse

schreiben versuchten, alle darin einig waren, es sei die Stimme eines Fremden gewesen. Jeder ist sicher, daß es nicht die Stimme eines seiner Landsleute war. Niemand vergleicht sie mit der Stimme eines Landsmannes – der Franzose hält sie für die Stimme eines Spaniers und hätte wohl einige Worte unterscheiden können, wenn er spanisch verstünde. Der Holländer behauptet, es sei die eines Franzosen gewesen, aber es wird bemerkt, daß dieser Zeuge, da er kein Französisch versteht, durch einen Dolmetscher vernommen wurde. Der Engländer hält sie für die Stimme eines Deutschen, doch versteht er selbst kein Deutsch. Der Spanier ist gewiß, daß es die Stimme eines Engländers war, schließt dies jedoch nur aus dem Tonfall, da er selbst nicht Englisch spricht. Der Italiener ist der Meinung, es sei Russisch gewesen, hat jedoch niemals mit einem geborenen Russen gesprochen. Ein anderer Franzose behauptet, im Gegensatz zu dem ersten mit Gewißheit, die Stimme habe italienisch geklungen, doch ist er selbst dieser Sprache nicht kundig und schließt, wie der Spanier, nur nach dem Tonfall.

Wie sonderbar und ungewöhnlich muß diese Stimme gewesen sein, daß die Aussagen über dieselbe derart auseinandergehen konnten! Daß kein Vertreter der Hauptnationen Europas in ihren Tönen etwas Bekanntes wiedererkannte! Sie werden

Der Mord in der Spitalgasse

sagen, es könnte die Stimme eines Asiaten oder eines Afrikaners gewesen sein. Wir haben ihrer in Paris zwar nicht allzuviele, doch möchte ich Sie, ohne Ihren Einwurf übergehen zu wollen, auf drei Punkte aufmerksam machen. Ein Zeuge hält die Stimme eher für kreischend als schrill. Zwei andere behaupten, sie habe schnell und ungleichmäßig gesprochen. Kein Zeuge aber konnte Worte oder wortähnliche Laute unterscheiden."

„Ich weiß nicht", fuhr Dupin fort, „welchen Eindruck ich bis jetzt auf Ihr Begriffsvermögen gemacht habe; aber ich scheue mich nicht, zu behaupten, daß man aus dem Teil der Zeugenaussagen, der sich auf die Stimmen bezieht, Schlüsse folgern kann, die hinreichend sind, einen Argwohn zu erregen, der allen weiteren Nachforschungen die Richtung angeben sollte. Ich behaupte, daß meine Schlüsse die einzig richtigen sind und als unausbleibliches Resultat einen bestimmten Argwohn bedingen. Welcher Art derselbe ist, will ich jetzt noch nicht sagen. Ich möchte Sie nur davon überzeugen, daß er für mich dringend genug war, meinen Nachforschungen im Zimmer eine ganz besondere Richtung zu geben.

Versetzen wir uns also im Geiste in dies Zimmer. Was werden wir zuerst darin suchen? Die Mittel und Wege, welche die Mörder zur Flucht benutzt haben. Ich darf doch ohne Zögern behaupten, daß keiner von uns beiden an übernatürliche Ereignisse glaubt. Frau und Fräulein L'Espanaye wurden nicht von Geistern ermordet. Die Täter waren von Fleisch und Blut und entwichen auf natürliche Art. Aber wie?

Prüfen wir der Reihe nach die verschiedenen Möglichkeiten der Flucht. Es ist klar, daß sich die Mörder zur Zeit, als der Trupp Leute die Treppe hinaufstieg, in dem Zimmer befanden, in dem der Leichnam des Fräulein L'Espanaye gefunden wurde, vielleicht auch in dem angrenzenden. Wir brauchen also nur nach Ausgängen von diesen beiden Zimmern aus zu suchen. Die Polizei hat die Dielen, Wände und die Zimmerdecke nach jeder Richtung hin untersucht und bloßgelegt. Kein geheimer Ausgang hätte ihrem Scharfsinn verborgen bleiben können. Da ich aber ihren Augen nicht traute, prüfte ich mit meinen eigenen. Beide Türen, die von den Zimmern auf den Korridor führten, waren fest verschlossen, die Schlüssel steckten innen. Betrachten wir die Kamine. Diese haben zwar bis zur Höhe von acht oder zehn Fuß über dem Rost die gewöhnliche Weite, verengen sich später jedoch so, daß sich nicht einmal eine größere Katze hindurchwinden könnte. Da also auf den bis jetzt genannten Wegen jedes Entweichen unmöglich war, so bleiben nur noch die Fenster. Durch die im Vorderzimmer hätte niemand entwischen können, ohne von der Menge auf der Straße bemerkt zu werden. Die Mörder müssen also durch das Fenster des Hinterzimmers entflohen sein. Da wir nun auf so zwingende Weise zu diesem Schluß gekommen sind, dürfen wir, als vernünftige Wesen, ihn nicht, wegen der anscheinenden Unmöglichkeit eines solchen Entweichens, verwerfen. Es gilt jetzt nur, zu beweisen, daß diese scheinbaren ‚Unmöglichkeiten' in Wirklichkeit keine sind.

Das Zimmer hat zwei Fenster. In der Nähe des einen stehen keine Möbelstücke. Es ist vollständig sichtbar. Der untere Teil des anderen wird dem Auge ganz durch das Kopfende der schwerfälligen Bettstelle entzogen. Das erste Fenster wurde von innen fest verschlossen vorgefunden. Es widerstand allen Anstrengungen der Personen, die es in die Höhe schieben wollten. Auf der linken Seite des Rahmens fand man ein großes Loch eingebohrt und in dasselbe einen Nagel fast bis zum Kopfe eingeschlagen. Als man das andere Fenster untersuchte, entdeckte man einen ähnlichen Nagel, und zwar auf ähnliche Weise befestigt, und ein kräftiger Versuch, diese Scheibe hochzuschieben, mißlang ebenfalls. Die Polizei war nun vollständig befriedigt, glaubte, daß die Flucht der Täter nicht durch die Fenster bewerkstelligt worden sei und hielt es deshalb für überflüssig, die Nägel herauszuziehen und die Fenster zu öffnen.

Ich selbst forschte eingehender nach, und zwar aus dem eben angeführten Grund, denn hier war, wie ich wußte, der Ort, an dem sich alle scheinbaren Unmöglichkeiten als nicht wirklich bestehend erweisen mußten.

A posteriori schloß ich weiter: Die Mörder entkamen durch eines dieser Fenster. Dies angenommen, konnten sie den Schieber nicht wieder innen so befestigen, wie man ihn vorgefunden. Die Unbestreitbarkeit dieser Annahme setzte den weiteren Nachforschungen der Polizei in dieser Richtung ein Ende. Aber die Schieber waren befestigt. Sie mußten sich also auf irgendeine Weise selbst wieder geschlossen haben. Dieser Annahme konnte man sich auf keine Weise entziehen. Ich begab mich an das ganz freiliegende Fenster, zog den Nagel mit einiger Schwierigkeit heraus und versuchte, die Scheibe in die Höhe zu schieben. Wie ich vorausgesehen, widerstand sie allen meinen Anstrengungen. Ich wußte nun bestimmt, daß irgendwo eine Feder verborgen sein mußte; und diese Bestätigung meiner Voraussetzungen überzeugte mich, daß diese richtig gewesen, wie geheimnisvoll auch der Umstand mit den Nägeln noch erscheinen mußte. Bald entdeckte ich durch sorgfältiges Suchen die verborgene Feder. Ich drückte auf sie, und, von der Entdeckung befriedigt, unterließ ich es einstweilen, die Scheiben zu heben.

Ich steckte den Nagel wieder hinein und betrachtete ihn aufmerksam. Wenn eine Person aus dem Fenster sprang, konnte sie dasselbe wohl zuschlagen, so daß die Feder wieder einschnappte, den Nagel jedoch konnte sie nicht wieder hineinstecken. Dieser Schluß war einfach und verengerte wiederum das Feld meiner Untersuchungen. Die Mörder mußten durch das andere Fenster entkommen sein. Angenommen, die Feder war – wie sehr wahrscheinlich – an beiden Fenstern gleich, so mußten die Nägel oder wenigstens die Art ihrer Befestigung verschieden sein. Ich stieg auf die Matratze der Bettstelle und betrachtete über das Kopfende des Bettes hinweg aufmerksam das zweite Fenster. Als ich mit der Hand hinter die Bettstelle faßte, entdeckte ich die Feder sogleich und drückte auf dieselbe. Sie war vollständig so beschaffen wie ihr Gegenstück. Ich betrachtete jetzt den Nagel. Er war so dick wie der andere und offenbar in derselben Weise befestigt und auch bis zum Kopfe eingeschlagen.

Sie werden nun vielleicht glauben, daß mich das verwirrte, und hätten in diesem Falle die Natur meiner Schlüsse ganz mißverstanden. Um einen Jagdausdruck zu gebrauchen: ich war nicht einmal auf falscher Fährte gewesen und hatte die Spur auch nicht einen Augenblick lang verloren. Kein Glied der Kette war fehlerhaft. Ich hatte das Geheimnis bis zum letzten Ergebnis verfolgt: das war der Nagel.

Er sah, wie ich schon sagte, dem Gegenstück im anderen Fenster vollständig ähnlich; aber diese Tatsache schien mir ganz wertlos gegenüber der Erwägung, daß an dieser Stelle meine Spur aufhörte. Ich sagte mir, mit dem Nagel muß etwas nicht richtig sein. Ich faßte ihn an, und der Kopf mit etwa einem Viertel Zoll vom Stiel fiel mir in die Hand. Der übrige Teil des Stiels blieb in dem Bohrloch stecken. Der Bruch war alt, denn die Ränder waren mit Rost überzogen, und offenbar auf den Schlag eines Hammers zurückzuführen, der auch den oberen Teil des Nagels selbst teilweise in den Rahmen der untersten Scheibe eingetrieben hatte. Ich steckte nun das Kopfstück des Nagels sorgfältig wieder in das Loch zurück, wie ich ihn gefunden, und er glich vollständig einem unbeschädigten Nagel, da die Bruchstelle nicht zu sehen war. Ich drückte auf die Feder und hob die Scheibe ein paar Zoll in die Höhe. Der Nagelkopf ging mit, denn er steckte fest in seiner Höhlung. Ich schloß das Fenster, und die Ähnlichkeit des Nagels mit einem unzerbrochenen war vollständig wieder hergestellt. Soweit war das Rätsel also gelöst. Der Mörder war durch das Fenster, an welchem die Bettstelle stand, entkommen. Nach seinem Entweichen war dasselbe von selbst wieder zugefallen oder vielleicht auch zugeworfen und von der einschnappenden Feder wieder festgehalten worden. Dies Festhalten schrieb die Polizei irrtümlicherweise dem Nagel zu und sah von allen weiteren Nachforschungen als überflüssig ab.

Die nächste Frage ist nun, auf welche Weise der Mörder hinabstieg. Über diesen Punkt hatte ich mich bei unserem Gang um das Haus herum unterrichtet. Etwa fünf und einen halben Fuß von dem betreffenden Fenster entfernt läuft eine Blitzableitungsstange nach unten.

Es war jedoch absolut unmöglich, von dieser Stange aus das Fenster zu erreichen, geschweige denn einzusteigen. Ich bemerkte jedoch, daß die Läden des vierten Stockes sogenannte ‚Ferrades‘ waren. Diese Art Fensterläden sind jetzt fast ganz außer Gebrauch gekommen, man findet sie aber noch häufig an sehr alten Häusern in Lyon oder Bordeaux. Sie haben die Gestalt einer gewöhnlichen Tür (einer einfachen, keiner Flügeltür), deren untere Hälfte aus Latten besteht oder als offenes Gitterwerk gearbeitet ist, das den Händen einen ausgezeichneten Halt gewährt. Die Läden der betreffenden Fenster sind gut drei und einen halben Fuß breit. Als wir sie von der Rückseite des Hauses ansahen, standen sie beide halb offen, das heißt, im rechten Winkel zu der Mauer. Wahrscheinlich hatte die Polizei ebenfalls die Hinterseite des Hauses untersucht; in diesem Fall muß sie die große Breite der

‚Ferrades' nicht bemerkt oder ihr nicht die nötige Beachtung geschenkt haben. Da sie sich nun einmal überzeugt hatte, daß an dieser Stelle niemand entsprungen sein könne, stellte sie hier nur sehr oberflächliche Untersuchungen an. Mir war jedoch klar, daß der Laden, welcher zu dem Fenster am Kopfende des Bettes gehörte, falls er ganz nach der Wand zurückgeschlagen wurde, den Blitzableiter auf zwei Fuß erreichte. Es war ebenfalls einleuchtend, daß sich jemand mit Aufwand eines allerdings höchst ungewöhnlichen Grades von Behendigkeit und Mut vom Blitzableiter aus Eintritt in das Fenster verschaffen konnte. Der Eindringling konnte sich, war er dem Laden, den wir uns jetzt zurückgeschlagen denken, erst auf zwei und einen halben Fuß nahe gekommen, fest an das Gitterwerk anklammern. Ließ er dann den Blitzableiter los, stemmte den Fuß fest gegen die Mauer und stieß sich mutig ab, so konnte es ihm gelingen, den Laden zu schließen und sich selbst, wenn das Fenster offen stand, ins Zimmer zu schwingen. Ich möchte Sie bitten, vor allem meine Bemerkung zu beachten, daß ein höchst ungewöhnlicher Grad von Behendigkeit erforderlich war, um ein solches Wagnis mit Erfolg auszuführen. Meine Absicht ist, Ihnen in erster Linie zu zeigen, daß es nicht unmöglich war, einen solchen Sprung zu tun; aber zweitens und hauptsächlich, daß eine ganz außergewöhnliche

Behendigkeit dazu gehörte. Sie werden mir ohne Zweifel mit dem Ausdruck des Gesetzes entgegenhalten, daß ich, ‚um meinen Fall durchzuführen', die zu diesem Sprung erforderliche Behendigkeit eher geringer veranschlagen müsse, als immer wieder zu betonen, wie außerordentlich und erstaunlich sie gewesen sei. Kriminalisten würden auch zweifellos von diesem Standpunkt ausgehen – aber er bezeichnet nicht den Weg, den die Vernunft geht. Mein Endzweck ist nur die Wahrheit. Augenblicklich habe ich die Absicht, Sie dahin zu führen, daß Sie diese außergewöhnliche Behendigkeit, von der ich eben gesprochen, mit jener sonderbaren, schrillen (oder kreischenden) und ungleichmäßigen Stimme in Zusammenhang bringen, über deren Sprache nicht zwei Zeugen übereinstimmend aussagten und bei der niemand Silbenbildung unterscheiden konnte." Bei diesen Worten begann ich unbestimmt und halb zu begreifen, worauf Dupin hinaus wollte. Ich war auf dem Punkt, ihn zu verstehen, ohne es jedoch vollständig zu können; wie man zuweilen ganz, ganz nahe daran ist, sich auf etwas zu besinnen, und sich schließlich doch nicht erinnern kann. Mein Freund argumentierte weiter: „Sie sehen", sagte er, „daß ich die Frage nach der Art der Flucht in die Erforschung der Möglichkeit des Überfalls umgewandelt habe. Meine Absicht war, darzutun, daß beides auf dieselbe Art und

Weise an derselben Stelle vor sich gegangen ist. Betrachten wir nun das Innere des Zimmers. Man sagt, die Schubladen des Sekretärs seien geplündert worden, obwohl sie noch eine Menge Kleidungsstücke enthielten. Das ist eine sehr sonderbare und sehr törichte Vermutung, weiter nichts. Woher will man wissen, daß die in den Schubläden gefundenen Kleidungsstücke nicht alles waren, was diese überhaupt enthielten? Frau L'Espanaye und ihre Tochter lebten sehr zurückgezogen, empfingen keine Gäste bei sich, gingen selten aus und hatten wenig Verwendung für viele Kleider. Die gefundenen waren von so gutem Stoff, wie man sie überhaupt im Besitz der beiden Frauen vermuten konnte. Wenn der Dieb sich Kleider aneignete, warum nahm er nicht die besten, warum nicht alle? Kurz, weshalb ließ er die 4000 Francs in Gold zurück, um sich mit einem Bündel alter Kleider zu beladen? Das Gold ist doch zurückgeblieben. Fast die ganze von dem Bankier Mignaud erwähnte Summe lag in Beuteln auf der Erde. Ich möchte daher, daß Sie in Ihren Gedanken die irrtümliche Vorstellung von dem eventuellen Motiv zur Tat fallen lassen, wie sie sich im Gehirn der Polizei durch die Zeugenaussagen, die sich auf die Ablieferung des Geldes beziehen, festgesetzt hat. Es erlebt doch jeder von uns zuweilen eine seltsame Aufeinanderfolge von Ereignissen, die zehnmal merkwürdiger ist als diese

Der Mord in der Spitalgasse

(Ablieferung von Geld und drei Tage darauf Mord an der Person des Empfängers) – ohne daß wir uns einen Augenblick mit ihr beschäftigten. Zufälle sind im allgemeinen große Steine des Anstoßes auf dem Wege jener Klasse von schlecht geschulten Denkern, die nichts von der Theorie der Wahrscheinlichkeiten wissen, jener Theorie, der die wichtigsten Zweige der menschlichen Wissenschaft manche ruhmvolle Entdeckung verdanken.

Wäre das Geld verschwunden, so würde in unserem Falle die Tatsache, daß es drei Tage vorher abgeliefert worden, etwas mehr als ein bloßer Zufall sein. Sie würde uns in dem Gedanken, daß hier das Motiv zu suchen wäre, bestärken. Wenn wir aber unter den bestehenden Umständen das Gold als Motiv zu der Schandtat gelten lassen wollen, dann müssen wir auch zugleich annehmen, daß der Täter unentschlossen und blöde genug war, um Motiv und Gold zugleich im Stich zu lassen.

Wir wollen die Punkte, auf die ich eben Ihre Aufmerksamkeit lenkte, fest im Gedächtnis behalten: die sonderbare Stimme, die außergewöhnliche Behendigkeit und die Tatsache, daß ein Motiv zu einem so entsetzlich grauenhaften Morde fehlt, und uns die Metzelei selbst betrachten.

Eine Frau ist mit bloßen Händen zu Tode gewürgt und mit dem Kopf nach unten in den Kamin hinaufgezwängt worden. Gewöhnliche Mörder

Der Mord in der Spitalgasse

morden nicht in dieser Weise. Am allerwenigsten suchen sie ihr Opfer auf diese Weise zu verbergen. Sie werden zugeben, daß in der Art, in der der Leichnam in den Kamin gestopft wurde, etwas so unerhört Scheußliches liegt, daß es sich mit unseren gewöhnlichen Begriffen von menschlicher Handlungsweise absolut nicht vereinbaren läßt, selbst wenn wir annehmen, daß die Täter ganz entmenschte Bösewichter waren. Bedenken Sie auch, wie groß die Kraft gewesen sein muß, die einen Körper gewaltsam in eine solch kleine Öffnung so hinaufzwängen konnte, daß die vereinte Kraft mehrerer Personen gerade genügte, um ihn wieder herabzuziehen!

Wir haben noch weitere Beweise von dieser übermenschlichen Kraft. Auf dem Herd lagen dicke Flechten – sehr dicke Flechten – von grauem Menschenhaar, die mit den Wurzeln ausgerissen worden waren. Sie wissen wohl, welch große Kraft dazu gehört, um nur zwanzig bis dreißig Haare zusammen so aus dem Kopfe zu reißen. Sie haben die Flechten so gut gesehen wie ich. Ihre Wurzeln – ein scheußlicher Anblick – klebten noch mit Stükken der Kopfhaut zusammen, ein sicheres Zeichen der übermenschlichen Kraft, die angewendet worden war, um vielleicht ein paar tausend Haare auf einmal auszureißen. Die Kehle der alten Dame war nicht allein durchgeschnitten, sondern der Kopf

Der Mord in der Spitalgasse

vollständig vom Rumpf getrennt; das Instrument war ein bloßes Rasiermesser. Beachten Sie die tierische Roheit, die aus dieser Handlungsweise spricht. Von den Quetschungen am Körper der Frau L'Espanaye will ich nicht reden. Herr Dumas und sein Assistent, Herr Etienne, sagten aus, daß dieselben mit einem stumpfen Instrument hervorgebracht sein müßten, und soweit haben die Herren recht.

Das ‚stumpfe Instrument' war nämlich offenbar das Steinpflaster des Hofes, auf den das Opfer aus dem Fenster hinuntergeschleudert worden war. Dieser Gedanke, der uns jetzt so selbstverständlich vorkommt, entging der Polizei aus demselben Grund, aus dem sie die Breite der Fensterläden nicht bemerkt hatte; der Umstand, daß die Nägel anscheinend fest saßen und unverletzt waren, hatte ihr Begriffsvermögen wie hermetisch gegen die Annahme verschlossen, daß die Fenster überhaupt geöffnet worden seien.

Wenn wir uns zu all diesem noch an die seltsame Unordnung im Zimmer erinnern, haben wir folgende Fakten: erstaunliche Behendigkeit, übermenschliche Kraft, tierische Roheit, eine grundlose Verwüstung, eine mit dem Begriff Menschlichkeit nicht zu vereinbarende Bizarrerie in der Scheußlichkeit und eine Stimme, die den Ohren vieler Leute aus den verschiedensten Nationen fremd klang und keine deutlichen oder verständlichen Silben äußerte. Welcher Schluß ist daraus zu ziehen? Welcher Gedanke drängt sich Ihnen auf?"

Ich fühlte, wie mir, als Dupin diese Frage stellte, Schaudern durch Mark und Bein ging. „Ein Wahnsinniger", sagte ich, „hat die Tat begangen, ein Tobsüchtiger, der aus dem benachbarten Irrenhaus entsprungen ist." – „In mancher Beziehung", antwortete er, „wäre Ihr Verdacht annehmbar; aber die Stimmen von Wahnsinnigen haben selbst im wildesten Paroxysmus nicht jene Eigentümlichkeiten, die man an der fraglichen schrillen Stimme wahrgenommen hat. Wahnsinnige gehören doch irgendeiner Nation an, und ihre Sprache, so unzusammenhängend die Worte auch immer sein mögen, bildet Silben. Überdies haben Wahnsinnige nicht solches Haar, wie ich es hier in der Hand habe. Ich löste dieses kleine Büschel aus den im Todeskampfe zusammengekrampften Fingern der Frau L'Espanaye. Sagen Sie mir, was Sie von demselben halten?"

„Dupin", rief ich entsetzt, „dies Haar ist ein ganz ungewöhnliches – es ist kein Menschenhaar." – „Das habe ich auch nicht behauptet", gab er zur Antwort, „aber ehe wir diesen Punkt entscheiden, möchte ich Sie bitten, einen Blick auf die Skizze zu werfen, die ich auf dies Papier gezeichnet habe. Es ist ein genaues Faksimile von dem, was in einem Teil der Zeugenaussagen als dunkle Quetschungen beschrieben wurde, als tiefe Eindrücke von Fingernägeln am Halse des Fräuleins L'Espanaye, und was von Herrn Dumas und Herrn Etienne eine Reihe von blutunterlaufenen Flecken, die augenscheinlich Eindrücke von Fingern seien, genannt wurde."

„Sie sehen", fuhr mein Freund fort, indem er das Papier auf dem Tisch ausbreitete, „daß die Zeichnung auf einen festen, eisernen Griff hinweist. Es ist nichts von einem Abgleiten zu bemerken. Jeder Finger hat wahrscheinlich bis zum Tod des Opfers den furchtbaren Griff beibehalten, mit dem er sich von Anfang an einkrallte. Versuchen Sie nun Ihre Finger zu gleicher Zeit in die analogen Abdrücke auf dem Papier zu legen."

Ich versuchte es, jedoch vergebens. „Vielleicht fangen wir die Sache noch nicht richtig an", sagte er. „Das Papier liegt augenscheinlich auf einer ebenen Fläche und der menschliche Hals hat die Form eines Zylinders. Hier ist ein rundes Scheit Holz, das ungefähr den Umfang eines Halses hat. Umwickeln Sie es mit dem Papier und versuchen Sie es von neuem."

Ich tat es; aber meine Hand erwies sich wieder als bedeutend zu klein. „Das ist nicht der Abdruck einer Menschenhand", sagte ich endlich.

„Lesen Sie jetzt", fuhr Dupin fort, „diese Stelle von Cuvier." Er reichte mir einen ausführlichen anatomischen und beschreibenden Bericht über den

Der Mord in der Spitalgasse

schwarz-braunen Orang-Utan der ostindischen Inseln. Die riesige Gestalt, die wunderbare Kraft und Behendigkeit, die fürchterliche Wildheit und der starke Nachahmungstrieb dieser Tiere wurde in demselben besonders hervorgehoben. Sofort verstand ich die ganze Gräßlichkeit des Mordes.

„Die Beschreibung der Zehen", sagte ich, als ich ausgelesen, „stimmt genau mit dieser Zeichnung überein. Ich sehe, daß kein anderes Tier als der Orang-Utan der hier erwähnten Gattung solche Fingerabdrücke, wie die hier gezeichneten, hinterlassen konnte. Dies Büschel gelbbrauner Haare entspricht ebenfalls nach Cuvier dem Haar der Bestie. Doch kann ich die Einzelheiten dieses geheimnisvollen, grausigen Ereignisses noch nicht verstehen. Außerdem hörte man doch zwei streitende Stimmen, und die eine gehörte zweifellos einem Franzosen."

„Das ist richtig. Sie erinnern sich auch jedenfalls eines Ausdruckes, den die Zeugen nach ihren übereinstimmenden Aussagen von dieser Stimme gehört haben – ich meine den Ausruf *Mon Dieu*. Dieser ist von einem der Zeugen (dem Konditor Montani) sehr richtig als ein Ausdruck des Vorwurfs, des Verweises, beschrieben worden. Auf diese beiden Worte habe ich denn auch meine Hoffnung, das Rätsel vollständig zu lösen, aufgebaut. Ein Franzose wußte um den Mord. Es ist möglich, ja, sogar wahrscheinlich, daß er an all den Einzelheiten des blutigen Dramas keine Schuld hat. Der Orang-Utan ist ihm vielleicht entflohen. Er hat ihn bis zu jenem Zimmer verfolgt, konnte ihn aber während der gräßlichen Szene, die nun folgte, nicht wieder einfangen. Mithin treibt sich das Tier noch frei umher. Ich will aus diesen Vermutungen – anders kann ich sie mit Recht nicht nennen – nichts weiter folgern, denn sie sind so schwach begründet, daß selbst mein eigener Verstand sie kaum als glaubhaft anerkennen will und ich nicht verlangen kann, daß jemand anderer ihnen Bedeutung beilegt. Nennen wir sie also immerhin Vermutungen und behandeln wir sie auch als solche. Wenn der betreffende Franzose, wie ich annehme, wirklich unschuldig an der Greueltat ist, wird ihn diese Anzeige, die ich gestern abend bei unserer Rückkehr in der Redaktion der Zeitung *Le Monde*, dem Organ der Seefahrer, das viel von Matrosen gelesen wird, aufgab, bald hierher in unsere Wohnung führen".

Er reichte mir eine Zeitung und ich las: „Eingefangen im Bois de Boulogne, am Morgen des ... (am Morgen nach dem Mord), ein sehr großer, gelbbrauner Orang-Utan, wahrscheinlich aus Borneo stammend. Der Eigentümer, wie ermittelt ein Matrose auf einem Malteser Schiff, kann das Tier, nach genügender Beschreibung und Erstattung der Kosten für Einfangen und Verpflegung, in Empfang nehmen.

Der Mord in der Spitalgasse

Zu erfragen No..., ..., Faubourg St. Germain, dritter Stock."

„Wie konnten Sie wissen", fragte ich, „daß der Mann ein Matrose ist und auf einem Malteser Schiff in Dienst steht?" „Ich weiß es auch nicht", entgegnete Dupin, „jedenfalls weiß ich es nicht gewiß. Hier ist jedoch ein kleines Stück Band, das seiner Form und seinem fettigen Aussehen nach zum Binden des bei Matrosen so beliebten langen Zopfes gebraucht worden ist. Es ist in einen Knoten geschlungen, den fast nur Matrosen, und hauptsächlich Malteser zu binden verstehen. Ich hob das Band am Fuß der Blitzableiterstange auf. Es kann keiner der Ermordeten gehört haben. Sollte es aber ein Irrtum gewesen sein, aus dem Band zu schließen, daß der für unseren Fall in Frage kommende Franzose ein Matrose auf einem Malteser Schiff ist – nun, so habe ich doch niemandem mit meiner Anzeige geschadet. Sind meine Annahmen falsch, dann wird der Mann nur annehmen, daß ich durch irgendwelche Umstände, die zu erfahren er sich nicht erst bemühen wird, irregeführt worden bin. Habe ich aber recht, so ist viel gewonnen. Da er, wenn auch selbst unschuldig, mit in den Mord verwickelt ist, wird er erklärlicherweise zögern, auf die Anzeige zu antworten und den Orang-Utan abzuholen.

Er wird etwa folgendermaßen mit sich zu Rate gehen: ‚Ich bin unschuldig; ich bin arm; mein

Orang-Utan ist ein wertvolles Tier, für jemanden in meinen Verhältnissen bedeutet er ein ganzes Vermögen. Weshalb sollte ich ihn aus törichter Angst vor Gefahr verlieren? Ich kann ihn zurückbekommen, es steht bei mir. Er wurde im Bois de Boulogne eingefangen – weit entfernt vom Schauplatz der Morde. Wie könnte einer auf den Gedanken kommen, daß ein vernunftloses Tier die Tat begangen hat? Die Polizei weiß nicht aus noch ein, da sie nicht den geringsten Anhalt gefunden hat. Selbst wenn man auf die Spur des Tieres käme, wäre es nicht möglich, mir zu beweisen, daß ich von dem Mord weiß oder mich auf Grund der Mitwisserschaft zu verurteilen. Vor allem jedoch, man kennt mich. Der Inserent bezeichnet mich als den Besitzer des Tieres. Ich weiß nicht, wie weit seine Kenntnisse bezüglich meiner Person noch reichen. Wenn ich es unterlasse, ein so wertvolles Eigentum, das als mir zugehörend bekannt ist, zurückzufordern, mache ich das Tier zumindest verdächtig. Es wäre unklug gehandelt, auf das Tier oder auf mich irgendwelche Aufmerksamkeit zu lenken. Ich werde auf die Anzeige hin den Orang-Utan holen und sicher einsperren, bis Gras über die Sache gewachsen ist.'"

In diesem Augenblick vernahmen wir Schritte auf der Treppe. „Halten Sie die Pistolen bereit", sagte Dupin, „doch zeigen und gebrauchen Sie dieselben nicht eher, bis ich Ihnen ein Zeichen gebe."

Der Mord in der Spitalgasse

Die Vordertür des Hauses war offengeblieben, der Besucher ohne zu läuten eingetreten und mehrere Treppenstufen hinaufgestiegen. Jetzt schien er jedoch zu zögern, plötzlich hörten wir ihn wieder hinabsteigen. Dupin eilte rasch nach der Tür, und wir hörten ihn wieder heraufkommen. Er wandte sich nicht wieder zurück, sondern stieg mit entschiedenen Tritten bis zur Tür unseres Zimmers herauf und klopfte an.

„Herein!" rief Dupin mit heiterem, herzlichem Tone. Ein Mann trat ein, augenscheinlich ein Matrose, eine große, kräftige, muskulös aussehende Persönlichkeit mit einem so verwegenen, jedoch keineswegs unangenehmen Gesichtsausdruck, als nähme er es mit allen Teufeln auf. Sein sonnenverbranntes Gesicht wurde durch den Backen- und Schnurrbart fast über die Hälfte verdeckt. Er trug einen großen Eichenknüppel bei sich, war aber sonst unbewaffnet. Er verbeugte sich linkisch und wünschte uns mit einem Akzent, der unfehlbar auf Pariser Abstammung hindeutete, guten Abend.
„Nehmen Sie Platz, mein Freund", sagte Dupin. „Ich vermute, Sie kommen wegen des Orang-Utans. Ich beneide Sie wahrhaftig um das Tier; es ist ein auffallend schönes und ohne Zweifel sehr wertvolles Exemplar. Für wie alt halten Sie es wohl?"

Der Matrose atmete auf, mit der Miene eines

Menschen, dem eine unerträgliche Last vom Herzen fällt, und erwiderte in beruhigtem Ton:

„Ich weiß es nicht genau, aber er kann nicht mehr als vier oder fünf Jahre alt sein. Haben Sie ihn hier?" – „O nein; wir hatten hier keine passende Unterkunft für ihn! Er ist in einem Mietstall in der Dubourgstraße, gleich nebenan. Sie können ihn morgen früh haben. Sie sind doch natürlich auch imstande, sich genügend zu legitimieren?"

„Gewiß, Herr!" – „Es tut mir leid, das Tier wegzugeben", sagte Dupin. „Sie werden Ihre Mühe natürlich nicht umsonst gehabt haben, Herr", sagte der Mann. „Das verlange ich gar nicht. Ich zahle sehr gern eine Belohnung, das heißt, alles was recht ist."

„Gut", versetzte mein Freund, „das ist ja recht schön. Lassen Sie mich nachdenken. Was soll ich wohl beanspruchen? Oh, ich will Ihnen sagen, was ich als Belohnung fordere. Sie sollen mir alles mitteilen, was Sie über die Mordtaten in der Spitalgasse wissen."

Die letzten Worte sagte Dupin in ganz leisem, ruhigem Ton. Dann schritt er mit größter Ruhe zur Tür, schloß sie zu und steckte den Schlüssel in seine Tasche. Hierauf zog er eine Pistole aus der Brusttasche und legte sie, ohne die geringste Aufregung zu verraten, auf den Tisch.

Das Gesicht des Matrosen wurde dunkelrot, als sei er dem Ertrinken nahe. Er sprang auf und griff nach seinem Knüppel; im nächsten Augenblick jedoch fiel er heftig zitternd und mit leichenblassem Gesicht in den Stuhl zurück. Er sprach kein Wort; ich bemitleidete ihn aus tiefstem Herzen.

„Guter Mann", sagte Dupin mit gütiger Stimme, „Sie regen sich ganz unnötig auf, wahrhaftig! Wir gedenken Ihnen absolut nichts Böses zuzufügen. Ich gebe Ihnen mein Ehrenwort als Mann und als Franzose, daß wir Ihnen in keiner Weise zu nahe treten wollen. Ich weiß ganz bestimmt, daß Sie an den scheußlichen Verbrechen in der Spitalgasse unschuldig sind. Trotzdem wäre es unnütz, abzuleugnen, daß Sie im gewissen Sinne an denselben beteiligt gewesen sind. Aus dem, was ich Ihnen gesagt habe, können Sie erkennen, daß ich Mittel habe, mich in unserer Angelegenheit zu informieren. Nun steht die Sache so: Sie haben nichts getan, was Sie hätten vermeiden können, ganz gewiß nichts, was Sie schuldig macht. Sie haben nicht einmal da einen Diebstahl ausgeführt, wo Sie ungestraft hätten stehlen können. Sie haben nichts zu verbergen und keinen Grund zu irgendwelcher Heimlichkeit. Andererseits sind Sie aber als ehrenhafter Mensch verpflichtet, alles, was Sie wissen, zu gestehen; denn man hat einen Unschuldigen für das Verbrechen, dessen Täter Sie nennen können, eingekerkert."

Während Dupin sprach, hatte der Matrose seine Geistesgegenwart zum großen Teil wiedererlangt,

Der Mord in der Spitalgasse

die urspüngliche Zuversichtlichkeit seines Wesens war jedoch dahin.

„So wahr mir Gott helfe", sagte er nach einer kurzen Pause, „ich will Ihnen alles erzählen, was ich von der Sache weiß – ich erwarte jedoch nicht, daß Sie mir auch nur die Hälfte glauben – ich selbst müßte mich einen Narren nennen, wenn ich es täte. Und doch bin ich unschuldig und will alles sagen, was ich weiß, und sollte es mein Leben kosten."

Was er erzählte, war im wesentlichen folgendes: Er hatte vor kurzer Zeit eine Reise nach dem Indischen Archipel gemacht. Eine Anzahl Matrosen landete in Borneo und machte eine Vergnügungstour ins Innere. Er hatte mit einem Gefährten den Orang-Utan gefangen. Der Gefährte starb, und das Tier fiel ihm als ausschließliches Besitztum zu. Nach großen Schwierigkeiten, die die unbezähmbare Wildheit der Bestie während der Heimreise verursachte, gelang es ihm endlich, den Orang-Utan sicher in seiner eigenen Wohnung in Paris unterzubringen, wo er ihn, um ihn der lästigen Neugierde der Nachbarn zu entziehen, sorgfältig einschloß, bis er von einer Fußwunde, die er sich durch einen Splitter auf dem Schiff zugezogen, geheilt sein würde und das Tier verkaufen könnte.

Als er in der Nacht oder vielmehr am Morgen des Mordes von einem Matrosenfeste nach Hause zurückkehrte, fand er das Tier in seinem Schlafzimmer. Es war aus einer angrenzenden Kammer, in der er es sicher eingeschlossen glaubte, entflohen. Mit dem Rasiermesser in der Hand und vollständig eingeseift saß die Bestie vor dem Spiegel und versuchte, sich zu rasieren. Wahrscheinlich hatte sie vorher einmal ihren Herrn durch das Schlüsselloch bei dieser Tätigkeit beobachtet.

Entsetzt, die gefährliche Waffe im Besitze eines so wilden Tieres zu sehen, das vielleicht den fürchterlichsten Gebrauch von ihr machen konnte, wußte der Mann einige Augenblicke lang nicht, was er tun solle. Es war ihm jedoch bis jetzt stets gelungen, das Tier, selbst wenn es wütend geworden, mit der Peitsche zur Ruhe zu bringen, und er nahm auch heute seine Zuflucht zu diesem Mittel. Kaum aber erblickte der Orang-Utan die Peitsche, so sprang er sofort durch die Zimmertür, die Treppe hinunter und von da durch ein unglücklicherweise offenstehendes Fenster auf die Straße.

Der Franzose folgte voller Verzweiflung. Der Affe hielt das Rasiermesser noch immer in der Hand und stand gelegentlich still, um sich nach seinem Verfolger umzusehen und auf ihn loszugestikulieren, bis ihn derselbe fast erreicht hatte. Dann machte er sich wieder davon. Die gefährliche Jagd dauerte eine ganze Weile. Die Straßen lagen vollständig menschenleer, da es erst drei Uhr morgens war. Als sie durch ein Gäßchen an der Rückseite der Spitalgasse jagten, wurde die Aufmerksamkeit des Flüchtlings durch ein Licht erregt, das aus dem offenen Fenster von Frau L'Espanayes Zimmer, im vierten Stock des Hauses, hervorschien. Der Affe stürzte auf das Haus zu, bemerkte den Blitzableiter, kletterte mit der seiner Gattung eigenen Behendigkeit an demselben hinauf, klammerte sich an den Fensterladen, der gegen die Mauer zurückgeschlagen war, und schwang sich mit dessen Hilfe direkt auf das Kopfende des Bettes.

Dies alles dauerte keine Minute. Den Fensterladen stieß der Orang-Utan, als er das Zimmer betreten, wieder auf. Der Matrose war sowohl erfreut als beunruhigt. Er hatte jetzt Hoffnung, das Tier wieder einzufangen, denn es konnte auf keine andere Weise als vermittels des Blitzableiters die Falle, in die es sich begeben, wieder verlassen, so daß er es beim Herunterklettern leicht auffangen konnte. Andererseits war aber Grund zu der Befürchtung vorhanden, es werde in dem Hause Unheil anstiften. Dieser Gedanke bestimmte den Mann zur weiteren Verfolgung des Flüchtlings. An einem Blitzableiter kann man ohne große Schwierigkeiten hinaufklettern, vor allem, wenn man Matrose ist; doch als er bis zur Höhe des Fensters angekommen war, konnte er nicht weiter; das Fenster lag weit nach links, und er vermochte sich nur so weit vorzubeugen, um einen Blick in das Innere des Zimmers zu werfen. Bei dem Anblick, der sich ihm jetzt darbot, stürzte er vor Entsetzen fast von seinem schwachen Halt herab. Nun ertönte jenes gräßliche Geschrei durch die Nacht, das die Bewohner der Spitalgasse aus dem Schlaf aufgeschreckt hatte. Frau L'Espanaye und ihre Tochter waren, in ihre Nachtkleider gehüllt, anscheinend damit beschäftigt gewesen, irgendwelche Papiere in der schon erwähnten eisernen Kiste zu ordnen, die sie zu dem Zweck in die Mitte des Zimmers geschoben hatten. Sie war offen und ihr Inhalt lag auf dem Boden. Die Unglücklichen müssen mit dem Rücken gegen das Fenster gesessen haben, und nach der Zeit zu schließen, die zwischen dem Einstieg des Untiers und dem ersten Schrei verstrich, haben sie dasselbe nicht sogleich bemerkt. Das Zurückschlagen des Fensterladens hatten sie vielleicht dem Wind zugeschrieben. Als der Matrose in das Zimmer blickte, hatte das riesige Tier Frau L'Espanaye, deren Flechten lose herabhingen, da sie wohl eben mit Kämmen fertig geworden war, an den Haaren gepackt und schwenkte das Rasiermesser vor dem Gesicht auf und ab, als wolle es die Bewegungen eines Barbiers nachahmen. Die Tochter lag bewegungslos auf dem Boden, sie war offenbar ohnmächtig. Das Geschrei und die Befreiungsversuche der alten Dame, während derer ihr das Haar aus dem Kopfe gerissen wurde, verwandelten die wahrscheinlich ganz friedliche Absicht des Orang-Utans in wildeste Wut. Mit einem kräftigen Schwung seines muskulösen Armes trennte er den Kopf fast vollständig vom Rumpf. Der Anblick des Blutes steigerte seine Wut noch: zähnefletschend stürzte er sich mit funkelnden Augen auf den Körper des Mädchens und grub seine entsetzlichen Krallen in dessen Kehle, bis es tot war. In diesem Augenblick fielen seine wilden, rollenden Augen auf das Kopfende des Bettes, über dem das schreckensbleiche Gesicht seines Herrn eben sichtbar wurde. Die Wut des Tieres, das ohne Zweifel noch die gefürchtete Peitsche im Sinne hatte, verwandelte sich sofort in Furcht. Im Bewußtsein, Strafe verdient zu haben, schien es seine blutige Tat verbergen zu wollen, sprang in Todesangst und voller Aufregung im Zimmer hin und her, zerbrach Möbel oder warf sie um und riß die Betten aus der Bettstelle. Schließlich ergriff es den Leichnam der Tochter, um ihn so, wie man ihn gefunden, den Kamin hinaufzuzwängen – darauf den der alten Dame, den es eiligst kopfüber zum Fenster hinausschleuderte.

Als sich der Affe mit seiner verstümmelten Last dem Fenster näherte, fuhr der Matrose zu Tode erschrocken nach der Stange zurück, glitt mehr, als daß er kletterte, hinunter, eilte nach Hause und gab voll Entsetzen jede Bemühung um das Schicksal des Orang-Utans auf. Die Worte, welche die Leute auf der Treppe hörten, waren die Schreckens- und

Der Mord in der Spitalgasse

Entsetzensausbrüche des Franzosen, untermischt mit dem teuflischen Gekreisch der Bestie.

Ich habe kaum noch etwas hinzuzufügen. Der Orang-Utan muß gerade vor dem Aufbrechen der Zimmertür entflohen sein, und das Fenster, nachdem er hindurchgeklettert, hinter sich zugeschlagen haben. Schließlich wurde er von dem Eigentümer selbst wieder eingefangen und für eine hohe Summe an den Jardin des Plantes verkauft.

Lebon ließ man natürlich sofort frei, als wir unsere Erzählung, mit einigen Erklärungen Dupins versehen, im Büro des Polizeipräfekten schriftlich fixiert niedergelegt hatten. Dieser Beamte konnte, trotzdem er meinen Freund hochschätzte, seine Unzufriedenheit über die Wendung der Dinge nicht verbergen und erging sich in sarkastischen Bemerkungen wie: daß sich jeder Mensch am besten um seine eigenen Sachen bekümmerte.

„Laß ihn reden", sagte Dupin, der es nicht der Mühe wert fand zu antworten. „Laß ihn reden! Er will nur sein Gewissen beruhigen! Mir genügt es, daß ich ihn auf seinem eigentlichsten Gebiet besiegt habe. Übrigens darf man sich auch nicht wundern, daß mein Freund das Rätsel nicht selbst löste. Er ist zu schlau, um tief sein zu können. Seine Weisheit ist ganz Kopf und ohne Leib oder höchstens hat sie Kopf und Schultern wie ein Stockfisch. Aber im großen und ganzen ist er doch ein tüchtiger Kerl. Und ich schätze ihn besonders wegen der Neigung, der er seinen Ruf, ein Genie an Scharfsinn zu sein, verdankt – ich meine seine Vorliebe ‚de nier ce qui est, et d'expliquer ce qui n'est pas', wie es in Rousseaus ‚Nouvelle Héloise' einmal heißt."

Lebendig begraben

Es gibt gewisse Themen, die stets das größte Interesse erregen, aber zu schaurig sind, als daß man sie zum Gegenstand einer Erzählung machen dürfte. Der bloße Romancier darf sie nicht zu seinem Stoff wählen, wenn er nicht Gefahr laufen will, zu beleidigen oder abzuschrecken. Man kann sie schicklicherweise nur behandeln, wenn ihnen die ernste Majestät der Wahrheit heiligend und schützend beisteht. Wir schaudern zum Beispiel in schmerzlichster Wollust, wenn wir Berichte lesen über den Übergang über die Beresina, über das Erdbeben von Lissabon, über die Pest in London, über das Blutbad in der Bartholomäusnacht, über den Erstickungstod der hundertunddreiundzwanzig Gefangenen in dem schwarzen Loch zu Kalkutta. Doch immer ist es die Tatsache an sich – die Wirklichkeit – die Geschichte, die unser Interesse weckt. Wären diese Begebenheiten Erfindungen, sie würden nur unseren Abscheu erregen.

Lebendig begraben

Ich habe einige wenige große und in ihrer Art teilweise großartige Schrecklichkeiten aus der Geschichte erwähnt; und es ist sowohl die Tragweite wie die besondere Art der betreffenden Begebenheiten, die unsere Phantasie so lebhaft erregt. Ich brauche den Leser wohl nicht zu versichern, daß ich aus der langen, schaurigen Liste menschlichen Elends Einzelfälle hätte herausgreifen können, bei denen die Leiden noch qualvoller waren, als bei irgendeinem dieser ungeheuren, beklagenswerten Ereignisse, die so zahlreiche Opfer forderten. In der Tat: die tiefste Tiefe von Elend, das Äußerste an Qual trifft immer den einzelnen, nicht eine Anzahl von Menschen. Das unheimliche Schmerzensübermaß des Todeskampfes muß der Mensch einzeln ertragen, nie wird es der Masse der Menschen zuteil; und dafür wollen wir einem gnädigen Gott danken.

Lebendig begraben zu werden ist ohne Zweifel die gräßlichste unter den Qualen, die das Schicksal einem Sterblichen zuteilen kann. Und daß dies oft, sehr oft geschieht, wird kein Nachdenkender leugnen können. Die Grenzlinien, die das Leben vom Tode trennen, sind immer schattenhaft und unbestimmt. Wer vermag zu sagen, wo das eine endet und das andere beginnt? Wir wissen, daß es Krankheiten gibt, bei denen ein vollkommener Stillstand jeder sichtbaren Lebensfunktion eintreten und bei denen dieser Stillstand doch nur eine Unterbrechung genannt werden kann. Es sind lediglich Pausen, in denen der unbegreifbare Mechanismus seine Tätigkeit einmal aussetzt. Eine gewisse Zeit verläuft, und irgendein geheimnisvolles Prinzip, das wir nicht kennen, setzt das magische Getriebe wieder in Bewegung. Die silberne Saite hatte ihre Spannkraft noch nicht verloren, noch war der goldene Bogen auf immer untauglich! Aber wo war indessen die Seele?

Abgesehen von dem aprioristischen Schluß, daß solche Ursachen solche Wirkungen hervorbringen müssen, daß in den nicht abzuleugnenden Fällen pausierender Lebensfunktion natürlicherweise dann und wann verfrühte Begräbnisse stattfinden müssen, abgesehen davon, haben Ärzte und Erfahrungen bewiesen, daß solche Beerdigungen in der Tat stattgefunden haben. Wäre es nötig, so könnte ich auf der Stelle wohl hundert erwiesene Fälle anführen.

Ein ganz besonders bemerkenswerter, dessen Einzelheiten manchem meiner Leser noch frisch im Gedächtnis sein werden, ereignete sich vor nicht allzulanger Zeit in Baltimore und erregte ein peinliches, heftiges und weitgehendes Aufsehen. Die Frau eines hochgeachteten Bürgers – eines namhaften Advokaten, der auch Mitglied des Kongresses war – wurde von einer plötzlichen, unerklärlichen Krankheit befallen, bei der die geschicktesten Ärzte nicht aus noch ein wußten. Nach vielem Leiden starb sie oder wurde vielmehr für tot erklärt. Niemand ahnte oder hatte auch nur den geringsten Grund zu der Annahme, daß sie nicht wirklich tot sei. Ihr Körper wies alle Kennzeichen des Todes auf. Das Gesicht verfiel und schrumpfte zusammen, die Lippen zeigten die gewöhnliche Marmorblässe, die Augen waren glanzlos. Keine Spur von Wärme war mehr wahrnehmbar, der Herzschlag hatte vollständig ausgesetzt. Drei Tage lag der Körper aufgebahrt, und eine steinerne Leichenstarre war eingetreten. Dann nahm man eiligst die Beerdigung vor, weil das, was man für Verwesung hielt, rasche Fortschritte machte.

Die Tote wurde in der Familiengruft beigesetzt, die nun drei Jahre unberührt blieb. Nach Ablauf dieser Zeit wurde sie wieder geöffnet, um einen anderen Sarg aufzunehmen – doch ach! welch gräßlicher Schlag harrte des Gatten, der selbst die Grabstätte öffnete! Als er den Riegel der Tür, die sich nach außen öffnete, zurückschob, sank ihm klappernd ein weiß umhülltes Ding in die Arme. Es war das Skelett seiner Frau in ihrem noch nicht verfaulten Leichentuch.

Bei der nun folgenden sorgfältigen Untersuchung stellte sich heraus, daß sie zwei Tage nach dem Begräbnis wieder zu Bewußtsein gekommen sein mußte, daß ihre verzweifelten Anstrengungen im Sarg wohl bewirkt hatten, daß er von seinem Ständer auf den Fußboden gefallen und zerbrochen war, so daß sie selbst aus ihm heraussteigen konnte. Eine Lampe, die man zufällig mit Öl gefüllt in der Gruft gelassen hatte, wurde leer vorgefunden, doch konnte dies auch die Folge von Verdunstung sein. Auf der obersten Stufe, die in das Totengemach führte, lag ein Stück von dem Sarg, mit dem sie, in der Hoffnung gehört zu werden, gegen die eiserne Tür geschlagen haben mochte. Wahrscheinlich wurde sie alsbald ohnmächtig oder starb vor Schrecken: als sie niedersank, hakte sich dann ihr Leichentuch in einigen nach innen stehenden Eisenstücken fest. So blieb sie und verweste stehend.

Im Jahre 1810 ereignete sich in Frankreich ein Fall von vorzeitigem Begräbnis, dessen nähere Umstände die Richtigkeit der Behauptung, daß die Wahrheit seltsamer als alle Dichtung ist, von neuem beweisen. Die Heldin dieser Geschichte ist ein Fräulein Victorine Lafourcade, ein junges Mädchen aus reicher, vornehmer Familie und von großer Schönheit.

Unter ihren zahlreichen Anbetern befand sich auch ein gewisser Julien Bossuet, ein armer Literat oder Journalist, der in Paris lebte. Seine Talente und seine Liebenswürdigkeit schienen die Aufmerksamkeit der Erbin auf ihn gelenkt und ihm ihre Liebe erworben zu haben. Ihr Standesbewußtsein bestimmte sie aber endlich doch, ihn abzuweisen und einen Herrn Rénelle, einen Bankier und geschickteren Literaten, zu heiraten. Nach der Hochzeit wurde sie von ihrem Gatten vernachlässigt, ja, vielleicht sogar mißhandelt. Nachdem sie einige elende Jahre an seiner Seite dahingelebt, starb sie, wenigstens glich ihr Zustand so sehr dem Tode, daß er jeden, der sie sah, täuschte. Sie wurde begraben nicht in der Gruft, sondern in einem gewöhnlichen Grab auf dem Kirchhof ihres Heimatdorfes.

Verzweifelt und noch voll von der Erinnerung an seine ehemalige tiefe Zuneigung, reist der erste Liebhaber aus der Hauptstadt in die entfernte Provinz, in der das Dorf liegt, mit dem romantischen Vorsatz, den Leichnam auszugraben und sich die üppigen Locken der Toten anzueignen. Er findet das Grab, gräbt um Mitternacht den Sarg aus, öffnet ihn, und will gerade das Haar abschneiden, als sich die geliebten Augen öffnen: Man hatte die Dame lebendig begraben! Das Leben war noch nicht vollständig entwichen, und die Zärtlichkeiten ihres ehemaligen Geliebten hatten sie wohl aus der Lethargie, die man fälschlich für den Tod gehalten, erweckt. Er brachte sie in wahnsinniger Freude in seine Wohnung im Dorf und wandte alle Stärkungsmittel an, die ihm – er war in der Medizin ziemlich bewandert – nützlich erschienen. Kurz und gut, die Totgeglaubte kam wieder vollständig

Lebendig begraben

zum Leben. Sie erkannte ihren Retter und blieb so lange bei ihm, bis sie ihre frühere Gesundheit vollständig wiedererlangt hatte. Sie hatte kein Herz von Stein, und dieser letzte Beweis von Liebe genügte, um es zu erweichen. So schenkte sie es dem Bossuet. Zu ihrem Gatten kehrte sie nicht wieder zurück, sie hielt ihre Wiederauferstehung geheim und floh mit ihrem Geliebten nach Amerika.

Nach zwanzig Jahren kehrten beide nach Frankreich zurück, überzeugt, daß die Zeit das Aussehen der Dame so verändert habe, daß ihre Freunde sie nicht wiedererkennen würden. Doch täuschten sie sich; Herr Rénelle erkannte bei dem ersten Zusammentreffen seine Frau wieder und machte seine Ansprüche geltend. Sie weigerte sich, dieselben anzuerkennen; die Gerichte sprachen sich zu ihren Gunsten aus, indem sie erklärten, daß die eigentümlichen Umstände, sowie die lange, inzwischen verflossene Zeit die Ansprüche des Mannes ungültig gemacht hätten – nicht nur moralisch, sondern auch juristisch.

Das Leipziger Journal für Chirurgie – eine Autorität auf seinem Gebiet – brachte einmal einen Bericht über einen höchst betrüblichen, ähnlichen Vorfall.

Ein Offizier der Artillerie, ein Mann von mächtigem Körperbau und bester Gesundheit, wurde von einem scheuenden Pferde abgeworfen und erlitt eine schwere Kopfwunde, die ihn sofort bewußtlos machte. Doch schien direkte Gefahr nicht vorhanden, da der Schädelbruch nur ein unbedeutender war. Der Verletzte wurde mit Erfolg trepaniert. Man ließ ihn zur Ader und wandte auch sonst alle Erleichterungsmittel an. Allmählich jedoch verschlimmerte sich sein Zustand, er sank in Bewußtlosigkeit und anhaltende Erstarrung, so daß man ihn zuletzt für tot ansah.

Das Wetter war warm, und vielleicht war dies der Grund, daß er mit eigentlich unschicklicher Hast auf einem der öffentlichen Kirchhöfe begraben wurde. Das Begräbnis fand am Donnerstag statt. An dem darauffolgenden Sonntag wurde der Kirchhof wie gewöhnlich von einer zahlreichen Volksmenge besucht, und gegen Mittag entstand unter den Leuten eine ungeheure Aufregung, weil ein Bauer erklärte, er habe, als er auf dem Grab des Offiziers gesessen, ganz deutlich eine Erschütterung des Bodens gefühlt, als kämpfe unten jemand, um herauszugelangen.

Anfänglich schenkte man den Behauptungen des Mannes wenig Glauben, aber das offenbare Entsetzen und die Hartnäckigkeit, mit der er dieselben wiederholte, übten endlich ihre Wirkung auf die Menge aus. Man verschaffte sich schleunigst Spaten, und das oberflächlich bereitete, gar nicht tiefe Grab war bald so weit geöffnet, daß der Kopf seines

Lebendig begraben

Bewohners zutage kam. Er war scheinbar tot, doch saß er fast aufrecht in dem Sarg, dessen Deckel er bei seinen wütenden Befreiungsversuchen zum Teil aufgestoßen hatte.

Er wurde sofort in das nächste Spital gebracht, wo man ihn als noch lebend, obgleich in asphyktischem Zustand befindlich, erklärte. Nach einigen Stunden kam er langsam zu sich, erkannte Personen aus seiner Bekanntschaft und erzählte in abgerissenen Sätzen von seiner Todesangst und Qual im Grab.

Aus dem, was er sagte, ging hervor, daß er nach dem Begräbnis noch länger als eine Stunde das Bewußtsein gehabt hatte, er lebe noch, und dann erst in den Zustand der Empfindungslosigkeit versank. Das Grab war nachlässig und mit besonders poröser Erde zugeworfen worden, so daß immerhin ein wenig Luft hindurchdrang. Er hörte die Tritte der Menge über sich und wollte sich ebenfalls bemerkbar machen. Es schien ihm, sagte er, als habe ihn der Trubel auf dem Kirchhof aus einem tiefen Schlaf geweckt, doch kaum war er vollständig erwacht, als ihm auch das Bewußtsein seiner gräßlichen Lage aufging.

Der Patient befand sich also, wie gesagt, in relativ günstigem Zustand, und es war die beste Hoffnung vorhanden, daß er sich vollständig wieder erholen würde; da wurde er das Opfer quacksalberischer Experimente. Man wandte nämlich die Voltasche

Säule bei ihm an, und er verschied in einem jener ekstatischen Paroxismen, welche die Anwendung der Elektrizität manchmal herbeiführt.

Da ich gerade von der Voltaschen Säule spreche, kommt mir ein wohlbekannter außerordentlicher Fall ins Gedächtnis, wo sich ihre Wirkung als ausgezeichnetes Mittel bei den Wiederbelebungsversuchen erwies, die man mit einem jungen Londoner Advokaten anstellte, der schon zwei Tage im Grab gelegen hatte. Auch dieser Fall – er geschah im Jahre 1831 – erregte überall, wo er besprochen wurde, das außerordentlichste Aufsehen.

Ein Herr Edward Stapleton war anscheinend an einem typhösen Fieber gestorben, das von einigen abnormen Symptomen begleitet gewesen war, die die Neugier der Ärzte erregt hatten. Nach seinem scheinbaren Tod wurden die Freunde ersucht, ihn sezieren zu lassen, doch willigten sie nicht ein. Wie es nun bei solchen Weigerungen öfters geschieht, beschlossen die Ärzte, den Körper heimlich auszugraben und die Sezierung im verborgenen und in aller Muße vorzunehmen. Man setzte sich mit leichter Mühe mit ein paar Leichenräubern in Verbindung, von denen London damals wimmelte, und in der dritten Nacht nach dem Begräbnis wurde der scheinbare Leichnam aus einem acht Fuß tiefen Grab wieder ausgegraben und in das Operationszimmer eines Privathospitals gebracht.

Lebendig begraben

Als bei einem ziemlich großen Schnitt in den Unterleib das frische, unverweste Aussehen des Körpers auffiel, beschloß man, Gebrauch von der galvanischen Batterie zu machen. Ein Experiment folgte dem anderen, und die gewohnten Wirkungen traten ein, ohne daß etwas Auffälliges zu bemerken gewesen wäre, außer daß die Konvulsionen ein paar Mal in ganz außerordentlich hohem Grade an das wirkliche Leben erinnerten.

Es war schon spät in der Nacht, der Tag begann zu dämmern, und man entschloß sich, zur Sektion selbst überzugehen. Ein Student jedoch wollte noch eine von ihm aufgestellte Theorie erproben und bestand darauf, den elektrischen Strom noch einmal auf die Brustmuskeln wirken zu lassen. Man machte einen tiefen Schnitt und führte schnell einen Draht in die Wunde.

Da stieg der Patient mit einer eiligen, aber absolut nicht krampfhaften Bewegung vom Tisch, trat in die Mitte des Zimmers, blickte ein paar Sekunden unbehaglich umher – und sprach. Was er sagte, war nicht verständlich, doch sprach er jedenfalls Worte aus, da man deutliche Silbenbildung vernahm. Dann fiel er schwer zu Boden.

Einige Sekunden lang standen die Anwesenden ganz schreckerstarrt – doch bald brachte die Dringlichkeit des Falles sie in den Besitz der vollen Geistesgegenwart zurück. Es war offenbar, daß Herr

Stapleton noch am Leben, wenn jetzt auch ohnmächtig war. Durch Anwendung von Äther wurde er vollständig zu sich gebracht und erlangte bald seine Gesundheit wieder. Seinen Angehörigen gab man ihn jedoch erst dann zurück, als keine Gefahr für einen Rückfall mehr zu befürchten war. Ihr Erstaunen, ihre Freude und ihr Entzücken kann man sich kaum vorstellen!

Das schaudererregend Merkwürdige dieses Falles ist jedoch das, was Herr Stapleton selbst erzählt. Er erklärt, daß er keinen Augenblick vollständig gefühllos gewesen sei, daß er, wenn auch nur dumpf und verworren, von allem Bewußtsein gehabt habe, was man mit ihm vorgenommen, von dem Augenblick an, in dem ihn die Ärzte für tot erklärten, bis zu dem, wo er im Spital ohnmächtig zu Boden gesunken. „Ich lebe noch", das waren die unverständlichen Worte, welche er, als er den Seziersaal erkannte, im Übermaß des Entsetzens hatte aussprechen wollen.

Es wäre mir ein Leichtes, noch viele solcher Geschichten hier anzuführen, aber ich sehe davon ab, da wir ihrer, wie gesagt, nicht bedürfen, um die Tatsache festzustellen, daß verfrühte Begräbnisse stattfinden. Und wenn wir uns daran erinnern, wie selten es in unserer Macht steht – die Natur der Sache macht dies ja leicht begreiflich –, dergleichen Ereignisse zu entdekken, dann müssen wir sogar anneh-

Lebendig begraben

men, daß sie häufig vorkommen. Man kann in der Tat kaum einen Kirchhof umgraben, ohne Skelette in Stellungen zu finden, die zu den grauenvollsten Mutmaßungen führen müssen.

Wahrhaftig grauenvoll ist solch eine Mutmaßung, noch grauenvoller aber das Schicksal eines Lebendigbegrabenen. Man kann wohl ohne weiteres behaupten, daß kein Unfall ein solches Übermaß körperlicher und seelischer Qualen mit sich bringt als das Lebendig-Begrabenwerden. Der unerträgliche Druck auf die Lungen – die erstickenden Ausdünstungen der feuchten Erde – die peinigende Enge der Totenkleider – die rauhe Umarmung der schmalen Ruhestätte – die schwarze, undurchdringliche Nacht – die Stille, die wie ein Meer über dem Unglückseligen zusammenschlägt – die unsichtbare, aber gefühlte Gegenwart des ewigen Siegers Tod – alles dies und dazu die Erinnerung an die freie Luft und das Gras über einem – an treue Freunde, die uns zu retten eilen würden, wüßten sie bloß von unserem Schicksal – und die Gewißheit, daß sie es nie, nie wissen werden, daß der wirkliche Tod hoffnungslos unser Teil geworden ist. Alles dies muß das noch klopfende Herz mit solch gräßlichem, unerträglichem Grausen erfüllen, daß auch die kühnste Phantasie vor seiner Ausmalung zurückschaudert. Wir kennen auf Erden nichts Fürchterlicheres – und können uns nichts Scheußlicheres ausdenken; und so wecken denn alle Erzählungen, die an dieses Thema anknüpfen, ein tiefes Interesse – ein Interesse, das bei der heiligen Furchtbarkeit des Themas ganz besonders durch die Überzeugung verstärkt wird, daß die Wahrheit berichtet wird.

Was ich nun zu erzählen habe, weiß ich wirklich und gewiß – weiß ich aus eigener Erfahrung.

Seit mehreren Jahren war ich Anfällen jener merkwürdigen Krankheit unterworfen, die die Ärzte, mangels eines bezeichnenden Namens, Katalepsie genannt haben. Obgleich die unmittelbaren und mittelbaren Ursachen, ja, sogar die Diagnose des Übels noch immer nicht festgestellt, noch immer Geheimnis sind, so kennt man doch seine äußeren wesentlichen Erscheinungen zur Genüge. Variationen scheinen nur bezüglich der Heftigkeit der Erkrankung vorzukommen. Zuweilen liegt der Patient nur einen Tag lang, ja, oft auch noch kürzere Zeit in einem lethargischen Zustand. Er ist ohne Empfindung und äußerlich vollständig bewegungslos, doch ist noch ein schwacher Herzschlag bemerkbar; eine ganz geringe Wärme bleibt sowie ein leichter Anflug von Farbe auf den Wangen; und bringt man einen Spiegel an die Lippen, so kann man eine langsame, schwache, ungleiche Lungentätigkeit wahrnehmen. Andererseits kann die Erstarrung aber auch wochen-, ja, monatelang anhalten, und selbst die genaueste Untersuchung und die stärksten medizinischen Mittel können keinen materiellen Unterschied zwischen dem Zustand des Leidenden und dem, was wir Tod nennen, konstatieren. Gewöhnlich wird ein solcher Unglücklicher nur dadurch vor dem Lebendig-Begrabenwerden gerettet, daß seine Freunde wissen, daß er öfter dergleichen Anfällen unterworfen ist, und deshalb mit Recht mutmaßen, der Tod sei noch nicht eingetreten – oder dadurch, daß man beobachtet, wie die Verwesung allzu ersichtlich nicht eintritt. Glücklicherweise macht die Krankheit nur gradweise Fortschritte. Schon die ersten Anzeichen sind charakteristisch und unzweideutig. Die Anfälle werden allmählich ausgeprägter, und jeder folgende dauert länger als der vorhergehende. Dies bewahrt die Kranken hauptsächlich vor dem Lebendig-Begrabenwerden. Der Unglückselige, dessen erster Anfall schon die Heftigkeit eines seiner späteren hätte, würde diesem Schicksal wohl kaum entgehen.

Mein Krankheitsfall wich in keinem wesentlichen Punkt von denen ab, die man in medizinischen Schriften erwähnt findet. Zuweilen versank ich ohne ersichtliche Ursache allmählich in eine halbe Ohnmacht, und in diesem schmerzlosen Zustand, in dem ich mich nicht bewegen, noch sprechen, noch denken konnte, aber immerhin noch ein dunkles Bewußtsein vom Leben und von der Gegenwart der Personen, die mein Bett umstanden, hatte, blieb ich, bis die Krisis der Krankheit mir ganz plötzlich den Gebrauch meiner Sinne wiedergab.

Zu anderen Zeiten ergriff mich die Krankheit jäh und unerwartet. Mir wurde übel, eine Taubheit legte sich auf meine Glieder, ich fröstelte. Dann ergriff mich ein Schwindel und warf mich plötzlich nieder. Und nun war wochenlang alles schwarz, leer und stumm – die ganze Welt sank mir in ein Nichts. Die vollständigste Vernichtung kann nicht mehr sein als dieser Zustand. Aus solchen Anfällen erwachte ich jedoch im Vergleich zu der Plötzlichkeit, mit der sie kamen, nur sehr langsam. Und so langsam wie dem freund- und heimatlosen Bettler, der die lange, öde Winternacht hindurch die Straßen durchirrt, so langsam, so zögernd, so befreiend strahlte auch mir das Licht der rückkehrenden Seele wieder zu.

Abgesehen von diesen Krampfanfällen schien mein allgemeiner Gesundheitszustand ein guter; ich bemerkte nie, daß meine Krankheit ihn in irgendeiner Weise beeinflußte, wenn man nicht eine Idiosynkrasie in meinem gewöhnlichen Schlaf aus ihr herleiten will. Wenn ich aus dem Schlummer erwachte, konnte ich nie auf einmal wieder die Herrschaft über meine Sinne antreten, sondern blieb stets noch mehrere Minuten lang verwirrt und verlegen, da mich meine gedanklichen Fähigkeiten,

Lebendig begraben

besonders das Erinnerungsvermögen, verlassen zu haben schienen.

Körperliche Leiden hatte ich nicht zu erdulden, dagegen eine Unendlichkeit an Seelenqualen. Meine Phantasie beschäftigte sich nur noch mit Leichen. Ich sprach nur noch von Würmern, von Gräbern und Grabinschriften. Ich verlor mich in Grübeleien über den Tod, und der Gedanke, zu früh begraben zu werden, setzte sich fast als Gewißheit in meinem Kopf fest. Das Gespenst der Gefahr, die mich bedrohte, verfolgte mich Tag und Nacht. Am Tag war die Qual solcher Vorstellungen schon groß, in der Nacht fast übermenschlich. Wenn die Dunkelheit ihre grauen Fittiche über die Erde breitete, ließ mich das Grausen über meine Gedanken erbeben – wie die Trauerwedel auf einem Leichenwagen zittern. Konnte meine Natur das Wachen nicht länger ertragen, so überließ ich mich nur nach hartem Kampf dem Schlaf, denn mich schauderte bei dem Gedanken, mich erwachend vielleicht in einem Grab wiederzufinden. Und fiel ich endlich in Schlaf, so versank ich in eine Welt gespenstischer Traumgestalten, die meine Grabesidee mit riesigen, schwarzen Fittichen beschattete.

Von den unzähligen Greuelszenen, die ich im Traum schauen mußte, will ich nur eine einzige erzählen. Es war mir, als sei ich in einen Starrkrampfanfall von ungewöhnlich langer Dauer und Heftigkeit versunken. Plötzlich berührte eine eisige Hand meine Stirn, und eine ungeduldige, kaum verständliche Stimme flüsterte die Worte „Steh auf!" in mein Ohr.

Ich setzte mich aufrecht. Die Dunkelheit war undurchdringlich. Ich konnte die Gestalt dessen, der mich geweckt, nicht erkennen. Ich konnte mich weder der Zeit erinnern, zu der ich in die Erstarrung versunken, noch hatte ich eine Vorstellung von dem Ort, an dem ich mich befand. Und während ich noch regungslos saß und mich bemühte, meine Gedanken zu sammeln, ergriff die kalte Hand zornig die meine, schüttelte sie heftig, und die Stimme sagte wieder:

„Steh auf! Befahl ich dir nicht, aufzustehen?"

„Und wer", fragte ich, „bist du?"

„Ich habe keinen Namen in den Regionen, die ich jetzt bewohne", antwortete die Stimme trauervoll. „Ich war sterblich, nun bin ich zum Leben eines Dämons erwacht; ich war unbarmherzig, nun bin ich barmherzig; du fühlst, daß ich schaudere. Meine Zähne klappern, während ich rede, doch nicht weil die Nacht kalt ist – diese Nacht ohne Ende. Aber die Gräßlichkeiten sind unerträglich. Wie kannst du ruhig schlafen? Ich finde keine Ruhe vor dem Schrei dieser großen Todesqualen. Diese Seufzer sind mehr, als ich ertragen kann. Auf! Auf! Komm mit mir in die äußere Nacht, ich will dir die Gräber enthüllen. Ist dies nicht ein Schauspiel voll Weh? Sieh hin!"

Ich sah hin; die unsichtbare Gestalt, die noch immer mein Handgelenk umklammert hielt, hatte die Gräber der ganzen Menschheit sich öffnen heißen, und aus jedem kam der schwache phosphoreszierende Glanz der Verwesung hervor, so daß ich in die verborgensten Höhlen schauen und die leichentuchumhüllten Körper in ihrem trüben, feierlichen Schlaf bei den Würmern erblicken konnte. Aber ach! Die wirklichen Schläfer waren millionenfach seltener als die, die nicht schlummerten; ein schwaches Kämpfen ging durch ihre Reihen; eine irre, matte Rastlosigkeit; und aus den Tiefen zahlloser Gruben kam ein trauervolles Rascheln der Gewänder der Begrabenen; und ich sah, daß eine ungeheure Zahl derer, die regungslos zu ruhen schienen, die starre, steife Lage, in der man sie begraben, verändert hatte. Und während ich noch schaute, sagte die Stimme wieder zu mir:

„Ist das nicht – o Gott, ist das nicht ein erbarmungswürdiger Anblick?" Doch ehe ich noch ein Wort der Erwiderung finden konnte, hatte die Gestalt meine Hand losgelassen, der Lichtschein verlosch; die Gräber schlossen sich mit plötzlicher Gewalt, während verzweifelte Schreie aus ihnen hervorströmten: „Ist das nicht – o Gott, ist das nicht ein erbarmungswürdiger Anblick?"

Solche schrecklichen nächtlichen Phantasien dehnten ihren unheilvollen Einfluß auch auf meine wachen Stunden aus. Meine Nerven wurden zerrüttet, ich lebte in beständigem Entsetzen. Nicht mehr reiten wollte ich, nicht spazierengehen, noch überhaupt das Haus verlassen. Zum Schluß wagte ich überhaupt nicht mehr, mich aus der unmittelbaren Gegenwart derer zu entfernen, die um meine Zufälle wußten, nur, damit ich nicht, sollte sich wieder ein Anfall einstellen, begraben werden würde, ehe man meinen wirklichen Zustand erkannt hätte. Ich mißtraute der Pflege, der Treue meiner liebsten Freunde und fürchtete, daß sie mich bei einer Erstarrung von vielleicht ungewöhnlich langer Dauer doch für tot ansehen würden. Ich ging sogar so weit, anzunehmen, daß sie einen längeren Anfall mit Freuden als Gelegenheit begrüßen würden, mich und damit die Mühe, die ich ihnen bereitete, endgültig loszuwerden. Vergeblich bemühten sie sich, mich durch die feierlichsten Versprechungen zu beruhigen. Sie mußten mir mit den heiligsten Eiden schwören, daß sie mich unter keinen Umständen begraben lassen würden, bis die Zersetzung so weit vorgeschritten sei, daß jede Erhaltung ausgeschlossen war. Und selbst dann noch ließ sich meine Todesangst durch keine Vernunftsgründe, keinen Trost beschwichtigen. Ich traf zahlreiche Vorsichtsmaßregeln. Unter anderem ließ ich die

Lebendig begraben

Familiengruft so umändern, daß sie von innen leicht zu öffnen war. Der leiseste Druck auf einen langen Hebel, der weit in das Grab hineinragte, verursachte, daß die Eisentüren weit aufflogen. Außerdem waren Vorkehrungen getroffen, daß Luft und Licht freien Zutritt hatten, und im übrigen waren in unmittelbarer Nähe des Sarges, der mich einst beherbergen sollte, passende Gefäße zur Aufnahme von Speise und Trank befestigt worden. Der Sarg selbst war warm und weich gefüttert und mit einem Deckel geschlossen, der nach demselben Prinzip wie die Grufttür gebaut und mit Sprungfedern versehen war, die ihn bei der schwächsten Bewegung im Sarg aufspringen ließen und die eingeschlossene Person in Freiheit setzten. Überdies war an der Decke des Gewölbes eine große Glocke aufgehängt, deren Seil, wie abgemacht wurde, durch ein Loch in den Sarg geführt und an der Hand des Leichnams befestigt werden sollte. Doch ach! Was vermag alle Vorsicht gegen das Schicksal? Nicht einmal diese so wohl erdachten Sicherheitsregeln genügten, einen Bedauernswürdigen, zu diesem Los Vorherbestimmten, von den Höllenqualen des Lebendig-Begrabenwerdens zu retten.

Es kam wieder einmal eine Zeit, in der ich – wie es schon oft geschehen war – fühlte, daß ich aus vollständiger Bewußtlosigkeit zu einem ersten, schwachen Gefühl des Daseins zurückkehrte. Langsam – mit schildkrötenhafter Langsamkeit kam das schwache, graue Dämmern meines geistigen Tages herauf. Eine starre Unbehaglichkeit. Ein apathisches Ertragen dumpfen Schmerzes. Keine Furcht, keine Hoffnung – keine Bewegung. Dann nach langer Pause ein Sausen in den Ohren; dann nach längerer Zeit eine prickelnde oder stechende Empfindung in den Extremitäten; dann eine scheinbar endlose Zeit genußreicher Ruhe, während welcher die erwachenden Gefühle sich zu Gedanken formen wollten; dann ein kurzes Zurücksinken ins Nichtsein; dann ein plötzliches Zusichkommen. Endlich ein leichtes Zucken des Augenlides und gleich darauf der elektrische Schlag eines tödlichen, endlosen Schreckens, der das Blut aus den Schläfen zum Herzen peitschte. Und nun der erste Versuch, wirklich zu denken. Und dann die erste Anstrengung, sich zu erinnern. Ein teilweiser, vorübergehender Erfolg. Bis schließlich das Erinnerungsvermögen so weit wiederhergestellt war, daß ich mir meines Zustandes bewußt wurde. Jedenfalls fühlte ich, daß ich nicht aus einem gewöhnlichen Schlaf erwachte. Und es ward mir klar, daß ich wieder einen meiner Anfälle gehabt hatte. Da aber schlägt wie ein Ozean das Bewußtsein einer grauenvollen Gefahr über mir zusammen, die geisterhafte Idee beherrscht mich wieder.

Einige Minuten blieb ich regungslos. Warum? Ich

konnte den Mut nicht finden, auch nur eine einzige Bewegung zu machen. Ich wagte es nicht, mich von meinem Schicksal zu überzeugen, und doch flüsterte irgend etwas in meinem Herzen mir die Gewißheit zu. Eine Verzweiflung, wie sie keine andere Art menschlichen Elendes hervorbringen kann, trieb mich endlich dazu, ein Augenlid zu öffnen. Es war dunkel – undurchdringlich dunkel um mich. Ich wußte, daß die Krisis längst vorbei war. Ich wußte, daß ich den Gebrauch meines Sehvermögens vollständig wiedererlangt hatte, und doch war alles dunkel, undurchdringlich dunkel, die äußerste, lichtloseste, undurchdringlichste Nacht!

Ich versuchte zu schreien, meine Lippen und meine trockene Zunge bewegten sich mit krampfhafter Anstrengung; doch kein Ton entrang sich meinen Lungen, die wie von einer Bergeslast bedrückt nach Luft schnappten und zu zerreißen drohten.

Als ich bei dem Versuch zu schreien, die Kinnbacken bewegen wollte, hatte ich gefühlt, daß man sie, wie bei Toten üblich, umbunden hatte. Ich fühlte ferner, daß ich auf etwas Hartem lag und etwas Ähnliches mich auch an den Seiten drückte. Bis jetzt hatte ich noch nicht gewagt, ein Glied zu rühren, nun aber warf ich meine Arme, die ausgestreckt mit gekreuztem Handgelenk dagelegen, heftig in die Höhe. Sie stießen sich an einen festen, hölzernen

Gegenstand, der sich über meinem ganzen Körper, vielleicht in der Höhe von sechs Zoll, ausdehnte. Nun konnte ich nicht länger zweifeln, daß ich in einem Sarg war.

Aber da erschien mir in all dem grenzenlosen Elend ein süßer Hoffnungsengel – ich dachte an meine Vorsichtsmaßregeln. Ich wand mich und machte krampfhafte Anstrengungen, den Deckel zu öffnen – er war nicht zu bewegen. Ich suchte an meinen Handgelenken nach dem Glockenseil – es war nicht zu finden. Da entfloh mein Tröster für immer, und gräßliche Verzweiflung fiel mich an: ich bemerkte, daß die Polster fehlten, die ich für meinen Sarg hatte herrichten lassen, und dann drang plötzlich der starke, eigentümliche Geruch feuchter Erde in meine Nase. Nein, ich konnte mich nicht mehr betrügen – ich lag nicht in der Gruft. Ich war während einer Abwesenheit von zu Hause bei Fremden in Starrkrampf verfallen, wann oder wie? Dessen entsann ich mich nicht mehr; und sie hatten mich wie einen Hund begraben, in einen gewöhnlichen Sarg eingenagelt und tief, tief und auf ewig in ein gewöhnliches, unbekanntes Grab verscharrt.

Als diese fürchterliche Überzeugung über mich gekommen, versuchte ich noch eins: zu schreien; und es gelang mir. Ein langer, wilder, anhaltender Schrei oder vielmehr ein tierisches Gebrüll der Todesangst durchdrang die Reiche der unterirdischen Nacht.

„Hallo, hallo, was soll das?" antwortete mir eine unwillige Stimme.

„Zum Teufel, was ist denn los?" hörte ich eine zweite.

„Heraus mit ihm!" meinte eine dritte.

„Was fällt Ihnen ein, hier wie eine wilde Katze zu heulen?" fragte eine vierte; und dann fühlte ich mich gepackt und ohne weitere Umstände ein paar Minuten lang von ein paar ziemlich rauhbeinig aussehenden Gesellen derb hin und her geschüttelt. Sie weckten mich nicht aus dem Schlaf, denn ich war, als ich schrie, schon völlig erwacht, sie gaben mir nur den vollen Besitz meines Gedächtnisses wieder.

Das Abenteuer ereignete sich in Virginia, bei Richmond.

In Begleitung eines Freundes hatte ich einen kleinen Jagdausflug den James River hinab unternommen.

Eines Nachts hatte uns ein Sturm überrascht; die Kajüte einer kleinen Schaluppe, die mit Mutterboden beladen im Fluß vor Anker lag, gewährte uns Schutz und Obdach. Wir richteten uns, so gut es ging, ein und übernachteten auf dem Boot. Ich schlief in einer der beiden Kojen – und das Aussehen einer solchen auf einer Schaluppe von sechzig bis siebzig Tonnen Größe brauche ich wohl nicht weiter zu beschreiben. In meinem Schlupfwinkel befand sich nicht das geringste Bettzeug. Sie maß an der breitesten Stelle achtzehn Zoll, und die Entfernung zwischen Boden und Decke betrug auch nicht mehr. Nur mit großer Schwierigkeit hatte ich mich in diesen Raum hineingezwängt. Dennoch war ich in einen gesunden Schlaf gesunken; und meine ganze Vision – sie war weder ein Traum noch ein Alp – war nur die natürliche Folge meiner Lage, meines gewöhnlichen Ideenganges und der Schwierigkeit, die es mir, wie schon bemerkt, bereitete, beim Erwachen sofort meine Sinne beherrschen und mein Gedächtnis befragen zu können. Die Männer, die mich schüttelten, gehörten zur Mannschaft des Schiffes. Der Erdgeruch kam von dessen Ladung her, und die Bandage um mein Kinn bestand aus einem seidenen Taschentuch, das ich mir, mangels einer gewohnten Nachtmütze, um den Kopf gebunden hatte.

Die Qualen jedoch, die ich erlitten, kamen denen eines Lebendig-Begrabenen vollständig gleich – sie waren gräßlich – grauenvoll gewesen. Doch aus ihnen erwuchs mir unsagbar viel Gutes, denn gerade ihr Übermaß hatte den wohltätigsten Einfluß auf meinen Seelenzustand. Ich gewann mehr Herrschaft über mich, überließ mich nicht mehr so sehr meinen Gedanken und mehr meinem gesunden Gefühl. Ging viel aus und machte reichlich körperliche

Übungen. Atmete aus vollem Herzen die freie Himmelsluft und begann an anderes als nur an den Tod zu denken. Meine medizinischen Bücher schaffte ich ab, „Buchan" verbrannte ich und las keine „Nachtgedanken" mehr, keine Kirchhofs- noch Gespenstergeschichten, keine extravaganten Erzählungen – wie diese hier! Kurz, ich wurde ein neuer Mensch und begann, wie ein Mensch zu leben. Von dieser denkwürdigen Nacht an verabschiedete ich auf immer meine Grabesphantasien, und mit ihnen verschwand auch meine Katalepsie, die vielleicht mehr ihre Wirkung als ihre Ursache war.

Es gibt Augenblicke, in denen diese Welt selbst dem Auge des nüchternsten Betrachters eine Hölle scheinen muß; doch die Phantasie des Menschen führt ihn zu keiner Katharsis, mit der er es wagen darf, all ihre Abgründe zu erforschen. Ach! Die unheimliche Schar der Todesschrecken sind doch nicht bloß Phantasien, aber wir müssen sie, wie die Dämonen, die den Afrasiab den Oxus hinab begleiteten, schlafen lassen, wenn sie uns nicht verschlingen sollen – wir müssen sie schlafen lassen, wenn wir nicht zugrunde gehen wollen!

Das verräterische Herz

ES IST WAHR! NERVÖS, schrecklich nervös war ich und bin ich noch; aber weshalb soll ich wahnsinnig sein? Mein Übel hatte meine Sinne nur geschärft, nicht zerstört oder abgestumpft. Vor allem war mein Gehörsinn außerordentlich empfindlich geworden. Ich hörte alle Dinge, die im Himmel und auf der Erde vor sich gingen, und auch vieles, was in der Hölle geschah. Wie könnte ich also wahnsinnig sein? Hören Sie nur zu, wie vernünftig und ruhig ich Ihnen die ganze Geschichte erzählen werde.

Ich kann nicht mehr genau sagen, wie mir zuerst der Gedanke kam, doch als er einmal gekommen, quälte er mich Tag und Nacht. Einen Zweck verfolgte ich nicht, auch trieb mich kein Haß. Ich hatte den alten Mann lieb. Er hatte mir nie etwas Übles getan, er hatte mich nie beleidigt. Ich trachtete auch nicht nach seinem Gold. Nur – sein eines Auge reizte mich. Ja, sein Auge muß es gewesen sein! Es glich dem eines Geiers – war blaßblau und von einem dünnen Häutchen bedeckt. Wenn sein Blick auf mich fiel, war es mir stets, als gerinne das Blut in meinen Adern, und so entschloß ich mich denn allmählich, dem alten Manne das Leben zu nehmen, um mich auf diese Weise für immer von seinem Auge zu befreien.

Und deshalb hält man mich für wahnsinnig! Wahnsinnige wissen nicht, was sie tun. Aber Sie sollten mich gesehen haben! Sollten gesehen haben, mit welcher Klugheit, mit welcher Überlegung und Vorsicht, mit welcher Verstellung ich zu Werke ging! Ich war niemals liebenswürdiger gegen den alten Mann, als während der Woche, die der Nacht voranging, in der ich ihn tötete. Jede Nacht, um Mitternacht, drückte ich die Klinke seiner Tür nieder und öffnete sie – o, wie leise! Und wenn ich sie weit genug geöffnet hatte, um meinen Kopf durch den Spalt stecken zu können, zog ich eine dunkle Laterne hervor, die ringsherum verschlossen war, so daß kein Lichtschimmer nach außen dringen konnte und streckte meinen Kopf ins Zimmer. Hätte jemand gesehen, wie schlau ich das anfing, sicher hätte er gelacht. Ich streckte ihn ganz langsam, ganz, ganz langsam vor, damit ich den alten Mann nicht im Schlafe störe. Eine volle Stunde nahm ich mir Zeit, um meinen Kopf so weit durch die Öffnung zu zwängen, daß ich ihn auf seinem Bette erblicken konnte. Ha! Würde ein Wahnsinniger so viel Geduld gehabt haben? Und dann, wenn mein Kopf glücklich im Zimmer war, öffnete ich die Laterne so vorsichtig – oh, so vorsichtig (ihre kleinen Angeln hätten ja knarren können!) und nur so weit, daß ein einziger Lichtstreif auf das Geierauge fiel. Und dies tat ich sieben Nächte hindurch, jede Nacht genau um die Mitternachtsstunde. Aber ich fand das Auge immer geschlossen, und deshalb war es unmöglich, die Tat zu vollbringen; denn nicht der alte Mann ärgerte mich, sondern nur sein böses Auge. Und jeden Morgen bei Tagesanbruch ging ich ganz unbefangen in sein Zimmer, sprach mit ihm, redete ihn in herzlichem Ton mit seinem Namen an und fragte ihn, wie er die Nacht verbracht habe. Er hätte also ein ganz besonders argwöhnischer alter Mann sein müssen, wenn ihm jemals der Gedanke gekommen wäre, daß ich ihn jede Nacht um zwölf Uhr, während er schlief, aufmerksam und mit der fürchterlichsten Absicht betrachtete.

In der achten Nacht öffnete ich die Tür noch vorsichtiger als gewöhnlich. Der Minutenzeiger an der Uhr bewegte sich rascher, als ich meine Hand bewegte. Noch niemals vorher hatte ich den hohen Grad meiner Selbstbeherrschung und meiner Klugheit so gefühlt wie heute. Ich konnte mein Triumphgefühl kaum bändigen. Zu denken, daß ich hier allmählich die Tür öffnete und er auch im

Traum nicht die geringste Ahnung von meinem geheimen Tun und Wollen hatte! Bei dieser Vorstellung konnte ich mich nicht enthalten, leise in mich hineinzukichern. Vielleicht hörte er es, denn in diesem Augenblick bewegte er sich in seinem Bett, als fahre er plötzlich aus dem Schlafe auf. Man wird nun vielleicht denken, ich wäre geflohen? O – nein! Sein Zimmer war stockfinster, denn aus Furcht vor Räubern hatte er die Läden fest geschlossen. Ich wußte also, daß er nicht sehen konnte, daß die Tür ein wenig offen stand, und mit zäher Beständigkeit öffnete ich sie langsam weiter ... und weiter.

Meinen Kopf hatte ich schon ins Zimmer gestreckt und wollte gerade die Laterne öffnen, als mein Daumen von dem zinnernen Verschluß abglitt und der alte Mann in seinem Bett aufsprang und rief: „Wer ist da?"

Ich verhielt mich ganz ruhig und sagte nichts. Eine Stunde lang zuckte ich auch nicht mit einer Wimper, und während dieser ganzen Zeit hörte ich nicht, daß er sich wieder niederlegte. Er saß also im Bett aufrecht und horchte, geradeso, wie ich es selbst Nacht für Nacht getan, auf das Ticken des Totenwurmes in der Wand.

Dann hörte ich ein leises Stöhnen der Todesangst. Es war kein Schmerzensseufzer, kein Seufzer aus Kummer – es war der leise, erstickte Ton, der sich aus der Tiefe einer von maßlosem Entsetzen gequälten Seele losringt. Ich kannte diesen Ton wohl. Manche Nacht, um Mitternacht, wenn alle Welt schlief, war er aus meinem Herzen aufgestiegen, und sein schreckensvolles Echo hatte das Grauen, das mich von Sinnen brachte, noch erhöht. Ich sage, ich kannte ihn wohl. Was der alte Mann empfand, wußte ich und bedauerte ihn, obwohl ich mich im Innern vor Vergnügen wand. Ich war überzeugt, daß er seit jenem ersten leisen Geräusch, das ihn im Bett auffahren ließ, wach lag, und sagte mir, daß seine Angst von Minute zu Minute gewachsen, daß er vergeblich versucht, sie sich grundlos darzustellen, daß er sich eingeredet, es sei nichts – der Wind im Kamin – nur eine Maus über den Boden gelaufen – oder ein Heimchen, das einmal kurz gezirpt habe. Ja, sicher hatte der alte Mann versucht, sich mit solchen Vorstellungen zu trösten; doch – es wollte ihm nicht gelingen. Es war vergebens, weil der Tod herannahte, und der schwarze Schatten, der ihm vorauseilt, schon um das Opfer war. Und dieser schauerliche, unbemerkbare Schatten bewirkte, daß der alte Mann, obwohl er nichts sah, noch hörte, meine Gegenwart im Zimmer fühlte.

Als ich lange Zeit geduldig gewartet hatte, ohne zu hören, daß er sich wieder niedergelegt, beschloß ich, die Laterne ein ganz, ganz klein wenig zu öffnen. Ich tat es, man kann sich nicht vorstellen, wie behutsam! wie leise! bis endlich ein einziger dünner

Strahl, schwach wie der Faden eines Spinngewebes, aus dem Spalt drang und auf das Geierauge fiel.

Es stand offen, weit, weit offen; und als ich es sah, stieg eine wilde Wut in mir auf. Ich erkannte es mit vollkommener Deutlichkeit – ein trübes Blau mit einem scheußlichen Schleier darüber, dessen Anblick das Mark in meinen Knochen gerinnen ließ. Doch weiter sah ich nichts von dem Gesicht oder der Gestalt des alten Mannes, denn ich hatte den Strahl unwillkürlich genau auf die eine verdammte Stelle gerichtet.

Ich hatte ja schon angedeutet, daß das, was man fälschlich für Wahnsinn bei mir hält, nur eine verschärfte Empfindlichkeit der Sinne ist. So vernahmen meine Ohren jetzt ein leises, dumpfes, bewegliches Geräusch, wie es vielleicht eine in Wolle gewickelte Uhr hervorbringen wird. Auch diesen Ton kannte ich. Es war das Herzklopfen des alten Mannes. Und es stachelte meine Wut an, wie der Trommelwirbel den Mut der Soldaten.

Doch auch jetzt noch bezwang ich mich und verhielt mich ruhig. Kaum, daß ich atmete! Die Laterne hielt ich regungslos in der Hand und versuchte, wie sicher ich den Strahl auf das Auge des alten Mannes gerichtet halten könne?! Mittlerweile nahm das höllische Pochen seines Herzens immer mehr zu. Es wurde jeden Augenblick schneller und schneller, lauter und lauter. Das Entsetzen des alten Mannes mußte den Höhepunkt erreicht haben. Es wurde lauter, sage ich, jeden Augenblick lauter. Wird man mich gut verstehen? Ich sagte schon, daß ich nervös sei: ich bin es. Und dieses seltsame Geräusch in der toten, fürchterlichen Stille, die in dem alten Haus zu dieser Nachtstunde herrschte, wirbelte mich in wilden Schrecken. Noch einige weitere Minuten hielt ich an mich, stand ganz still. Aber das Klopfen wurde lauter und lauter. Ich dachte, es müsse das Herz zersprengen. Und nun packte mich eine neue Angst: die Nachbarschaft würde es ebenfalls hören. Da aber war die Stunde des alten Mannes gekommen! Mit einem gellenden Schrei riß ich die Blenden der Laterne auf und sprang ins Zimmer. Er schrie auf – einmal nur! In einem Augenblick hatte ich ihn aus dem Bette auf den Boden gerissen und das schwere Bettzeug über ihn gezogen. Dann lächelte ich vergnügt, daß ich die Tat so weit vollbracht hatte. Aber das Herz schlug noch ein paar Minuten lang mit dumpfem Ton fort. Doch das ärgerte mich nicht mehr. Durch die Wand würde man es doch nicht hören. Ich räumte das Bettzeug beiseite und untersuchte den Körper. Ja, er war tot – tot! Ich legte meine Hand auf das Herz und ließ sie mehrere Minuten lang liegen. Es klopfte nicht mehr. Er war bestimmt tot. Sein Auge würde mich nicht mehr quälen.

Wer mich auch jetzt noch für wahnsinnig hält,

wird den Gedanken endgültig aufgeben müssen, wenn ich ihm erzähle, mit welch weiser Vorsicht ich den Körper verbarg. Die Nacht begann zu schwinden, und ich arbeitete in schweigender Hast.

Zunächst riß ich drei Dielen aus dem Boden des Zimmers und verbarg den Toten zwischen der Füllung, dann setzte ich dieselben so geschickt, so schlau wieder ein, daß kein menschliches Auge – nicht einmal das seinige – die geringste Veränderung hätte wahrnehmen können. Da war ja nichts abzuwaschen – kein Blutfleck, nicht die kleinste Spur von einem einzigen Tropfen. Dazu war ich viel, oh, viel zu vorsichtig gewesen. Als ich diese Arbeit vollendet hatte, war es vier Uhr und noch so dunkel wie um Mitternacht. Gerade als die Uhr schlug, wurde an die Haustür gepocht. Ich öffnete leichten Herzens, denn was hatte ich jetzt noch zu fürchten? Drei Männer traten ein, die sich als Polizeibeamte vorstellten. Während der Nacht hatte man in der Nachbarschaft einen Schrei gehört, der den Argwohn erregt hatte, es sei irgendein Verbrechen verübt worden. Man hatte die Polizei benachrichtigt, und diese hatte die Beamten losgeschickt, um sofort Untersuchungen vorzunehmen.

Ich lächelte – denn was hatte ich zu fürchten? – und hieß die Herren willkommen. Den Schrei behauptete ich selbst im Traum ausgestoßen zu haben – und der alte Herr sei aufs Land gereist. Ich führte die Besucher durch das ganze Haus und forderte sie auf, nur gut zu suchen. Zum Schluß führte ich sie in sein Zimmer und zeigte ihnen, daß sein Geld und seine Wertgegenstände sicher und wohlverwahrt dalagen. Im Übermaß des Gefühles meiner Sicherheit, brachte ich Stühle in das Zimmer und nötigte sie, hier von ihren Anstrengungen auszuruhen, während ich in toller Vermessenheit, so vollauf überzeugt, die Tat sei gelungen, meinen Stuhl gerade auf die Dielen stellte, unter denen der Leichnam meines Opfers lag. Die Polizisten waren zufriedengestellt. Mein Auftreten hatte jeden Verdacht zunichte gemacht. Ich war in ausgezeichneter Stimmung. Während ich heiter auf ihre Fragen antwortete, plauderten sie dazwischen von gleichgültigen Dingen. Aber es dauerte nicht lange, da fühlte ich, wie ich erbleichte, und wünschte, sie möchten gehen. Der Kopf tat mir weh, und es sauste mir in den Ohren; aber sie blieben sitzen und plauderten weiter. Das Sausen in meinen Ohren schwoll an, es blieb und wurde immer deutlicher. Ich sprach lebhafter, um das schreckliche Gefühl loszuwerden. Doch es dauerte fort und wurde immer bestimmter, bis ich deutlich spürte, daß es nicht mehr in meinen Ohren war.

Jedenfalls war ich jetzt sehr bleich geworden, aber ich sprach schneller und immer schneller, mit lauterer Stimme darauf los. Allein auch der Ton wurde stärker, was sollte ich anfangen? Es war ein leiser, dumpfer, rascher Ton – wie ihn eine Taschenuhr, die man in Wolle gewickelt hat, hervorbringen mag. Ich rang nach Atem, doch die Beamten hörten das Geräusch immer noch nicht. Ich sprach noch schneller, noch heftiger; doch das Geräusch nahm immer noch zu. Ich stand auf und stritt mit gewaltsam angestrengter Stimme und heftigen Gebärden über Kleinigkeiten; aber auch das Geräusch wurde noch lauter. Weshalb gingen sie denn immer noch nicht? Ich eilte mit schweren Schritten auf und ab, als ob mich die Beamten durch ihr Beobachten bis zur Wut gereizt hätten. Vergeblich! Das Geräusch schwoll an. Mein Gott! Was konnte ich noch tun? Ich schäumte vor Wut – ich raste, ich fluchte! Ich ergriff den Stuhl, auf dem ich gesessen, und scharrte mit ihm auf der Diele umher – das Geräusch übertönte alles und wuchs und wuchs! Es wurde lauter – lauter – lauter! Und noch immer plauderten die Männer vergnügt und lächelten dazu. War es möglich, daß sie es nicht hörten? Allmächtiger Gott! Nein! Nein! Sie hörten es! Sie schöpften schon Verdacht! Sie wußten alles! Sie trieben nur Spott mit meinem Entsetzen! Dies dachte ich (und denke es noch). Aber alles andere war erträglicher als meine Todesangst, war besser als ihr Hohn! Ich konnte ihr heuchlerisches Lächeln nicht länger ertragen. Ich fühlte, daß ich schreien müsse – oder sterben! Und nun – horch – wieder – lauter! Lauter!! Lauter!!! Lauter!!!!

„Schurken!" schrie ich heraus, „verstellt Euch nicht länger! Ich gestehe die Tat! Reißt die Dielen auf! Hier! Hier! Es ist das grauenhafte Klopfen seines Herzens!"

Wassergrube und Pendel

*Impia tortorum longas hic turba furores
Sanguuns innocui, non satuata aluit.
Sospite nunc patria, fracto nunc funeris antro,
Mors ubi dirafuit vita salusque patent.*

*(Inschrift für das Tor, das zu dem Platz führt,
auf dem sich das Gebäude des Jakobinerklubs
zu Paris befunden hat.)*

DIE LANGE TODESANGST hatte mich gebrochen, mein Leben bis ins Mark zerstört, und als man meine Fesseln löste und mich sitzen ließ, fühlte ich, daß meine Sinne schwanden. Das Urteil, das fürchterliche Todesurteil, war der letzte deutliche Laut, der mein Ohr erreichte, dann schienen die Stimmen meiner Untersuchungsrichter traumhaft in ein unbestimmtes Summen zusammenzuschmelzen, das sich in meiner Seele zu dem Gedanken an eine Umdrehung verdichtete – vielleicht, weil es in meiner Phantasie die Vorstellung eines Mühlrades hervorrief. Doch währte dies nur eine sehr kurze Zeit, denn plötzlich vernahm ich nichts mehr. Doch sah ich noch eine Zeitlang – aber in welch gräßlicher Verzerrung! – die Lippen der Richter in den schwarzen Talaren, und sie erschienen mir weiß; weißer als das Blatt, auf welches ich diese Worte schreibe, und dünn bis zur Fratzenhaftigkeit, dünn durch ihren grausamen Ausdruck von Härte, unwandelbarem Entschluß und starrer Verachtung menschlicher Qual! Ich sah, daß der Spruch, der mein Schicksal besiegelte, über ihre Lippen kam. Ich sah, wie sie sich bewegten, um mir den Tod zu verkünden. Ich sah, wie sie die Silben meines Namens bildeten, und schauderte, weil kein Ton auf die Bewegung folgte. Ich sah auch während einiger Augenblicke irren Entsetzens, daß sich die schwarzen Draperien, welche die Wände des Saales bekleideten, leise, fast unmerklich bewegten – und dann fiel mein Blick auf die sieben großen Kerzen auf dem Tisch. Erst schauten sie mich an wie Bilder der Menschenliebe, ich hielt sie für weiße, schlanke Engel, die mich retten wollten. Doch plötzlich goß sich ein grauenhafter Schwindel über meine Seele, und ich bemerkte, wie jede Fiber meines Leibes schauderte, als hätte ich den Draht einer galvanischen Batterie berührt; die Engelsgestalten wurden seelenlose Gespenster

Wassergrube und Pendel

mit brennenden Köpfen, und ich fühlte, daß ich von ihnen keine Hilfe zu erwarten habe. Und dann glitt, wie ein weicher musikalischer Ton, der Gedanke in mein Herz, wie köstlich die Ruhe im Grabe sein müsse. Er kam leise, verstohlen, und ich glaube, es dauerte lange, bis er feste Gestalt annahm; doch in dem Augenblick, da mein Geist ihn klar empfand und ausdachte, verschwanden wie durch Zauberkraft die Gestalten der Richter vor meinen Augen, die hohen Kerzen versanken in ein Nichts, ihre Flammen erloschen, schwarze Dunkelheit kam herauf, alle Gefühle wurden von der Empfindung verschlungen, als stürze meine Seele in wahnsinnig rasendem Fall in den Hades hinab. Und dann war *alles* Nacht, Schweigen, Ruhe.

Ich war ohnmächtig geworden; doch will ich damit nicht sagen, daß ich das Bewußtsein vollständig verloren hatte. Was noch von ihm geblieben war, will ich nicht zu bestimmen, nicht einmal zu beschreiben wagen. Sicher ist eben nur, daß mein Bewußtsein nicht *ganz* schwand. Im tiefsten Schlafe – nein! im Delirium – nein! im Tode – nein! selbst im Grabe schwindet es nicht ganz! Sonst wäre der Mensch ja wohl nicht unsterblich!? Wenn wir aus tiefstem Schlaf erwachen, zerreißen wir das Nebelgespinst irgendeines Traumes. Doch erinnern wir uns eine Sekunde später nicht mehr – so zart ist oft das Gewebe –, daß wir geträumt haben. Erwacht man aus einer Ohnmacht wieder zum Leben, so geht man durch zwei Stadien. Im ersten gelangt man wieder zum Bewußtsein seines moralischen oder geistigen, im zweiten zum Gefühl seines körperlichen Daseins zurück. Es ist wahrscheinlich, daß wir, wenn wir ins zweite Stadium zurückgekehrt sind und uns dann noch der im ersten empfangenen Eindrücke entsinnen könnten, diese Eindrücke mit Erinnerungen aus dem Abgrund des Jenseits beladen finden würden. Und dieser Abgrund – was birgt er in seinem Schoß? Wodurch unterscheiden sich *seine* Schatten von den Schatten des Grabes? Doch wenn wir uns auch die Eindrücke des ersten Stadiums nicht *willkürlich* zurückrufen können: erscheinen sie nicht vielleicht nach langer Zeit von selbst, unaufgefordert, so daß wir uns verwundert fragen, woher sie wohl kommen mögen? Wer niemals ohnmächtig geworden ist, gehört nicht zu denen, die in einem glühenden Kohlenfeuer seltsame Paläste und sonderbar vertraute Gesichter wiederfinden; die oft in den Luftgebieten trauervolle Visionen vorüberziehen sehen, die von den viel zu vielen nie bemerkt werden; die sich über den Duft einer unbekannten Blume in Grübeleien verlieren können; deren Gedanke sich plötzlich in dem Geheimnis einer Melodie, die sie bis dahin unbeachtet gelassen haben, verirren kann.

Wassergrube und Pendel

Bei meinen wiederholten Bemühungen, mich zu erinnern, bei meinen harten Anstrengungen, irgendeine Aufklärung über jenen Zustand scheinbaren Nichtseins, in den ich versunken war, zu erhalten, hatte ich oft Momente, in denen ich auf Erfolg hoffte, hatte ich kurze, sehr kurze Augenblicke, in denen ich eine Erinnerung heraufbeschwor, die sich, wie mir mein klarer gewordener Verstand in späteren Zeiten oft versicherte, nur auf jenen Zustand scheinbaren Nichtseins beziehen konnte. Diese Erinnerungsschatten redeten undeutlich von großen Gestalten, die mich aufhoben und nach unten trugen – schweigend nach unten, und immer tiefer –, bis mich bei dem Gedanken an den bodenlosen Abgrund, in den ich versank, ein scheußlicher Schwindel ergriff. Sie redeten auch von einem unbestimmten Schauder, der mein Herz durchzitterte, weil dies Herz so unnatürlich ruhig geworden war. Dann folgte ein Gefühl, als sei alles, was mich umgab, in jähe Starre versunken; als hätten die, welche mich trugen – ein Zug von Gespenstern! –, in ihrem Absturz die Grenze des Unbegrenzten erreicht und hielten nun still und ruhten von der Ermüdung ihrer Arbeit aus. Darauf muß ich wohl ein Gefühl von Schalheit und Feuchtigkeit empfunden haben; und dann ist alles Wahnsinn – der Wahnsinn eines Willens, der sich des Übermenschlichen, Verbotenen entsinnen will.

Wassergrube und Pendel

Ganz plötzlich empfand meine Seele wieder Bewegung und Klang – die stürmische Bewegung meines Herzens und sein Widerklingen in meinem Ohr. Dann trat eine Pause ein, in der alles wieder in schwarzes Nichts versank, doch spürte ich bald von neuem die Bewegung und den Klang – und gleich darauf ein Zittern, das mein ganzes Wesen durchfuhr. Plötzlich kam mir auch ein bloßes Daseinsbewußtsein zurück, das, ohne von einer anderen Empfindung begleitet zu sein, eine Weile anhielt, bis sich nach langer Zeit und unvermittelt in mir ein Gedanke erhob, den ich mit schauderndem Entsetzen als einen Versuch erkannte, mir über meinen Zustand bewußt zu werden. Dann faßte mich plötzlich der heiße Wunsch, wieder in Bewußtlosigkeit zurückzuversinken. Doch nun schien meine Seele plötzlich ganz aufzuwachen, und ich machte eine erfolgreiche Anstrengung, mich zu bewegen. Und ich erinnerte mich deutlich an die Verhandlung, die Richter, die schwarzen Draperien, an das Urteil, an meine Ohnmacht. Und doch vergaß ich noch einmal wieder mich selbst, die Zeit und den Raum, vergaß alles, dessen ich mich in späteren Tagen mit unsäglicher Mühe wieder zu erinnern versuchte.

Bis jetzt hatte ich meine Augen noch nicht geöffnet. Ich fühlte nur, daß ich ohne Fesseln auf dem Rücken lag. Als ich meine Hand ausstreckte, fiel sie schwer auf irgend etwas Feuchtes, Hartes. Mehrere

Minuten lang ließ ich sie liegen, während ich zu erraten suchte, wo und in welchem Zustand ich mich befände. Ich verlangte danach, um mich zu schauen, doch wagte ich es nicht, denn ich fürchtete den ersten Blick auf die Gegenstände, die mich umgeben könnten. Zwar graute mir im Grunde nicht davor, gräßliche Dinge zu erblicken, ich schauderte vielmehr vor Angst, vielleicht *gar nichts* zu sehen. Endlich riß ich in wilder Verzweiflung meine Augen auf und fand meinen grauenhaften Gedanken bestätigt. Die Finsternis der ewigen Nacht umschloß mich. Ich rang nach Atem, denn es schien mir, als ob die Undurchdringlichkeit der Dunkelheit mich wie eine schwere Last bedrücke und ersticken wolle. Ich blieb regungslos liegen und machte eine Anstrengung, meinen Verstand zu Rate zu ziehen. Ich erinnerte mich an Einzelheiten der Gerichtsverhandlung, an ihren ganzen Verlauf, und versuchte dann von diesem Punkte aus, meinen wahren Zustand zu erkennen. Ich wußte, daß das Urteil gesprochen worden war, und mir schien, als sei seit diesem Augenblick eine lange Zeit verstrichen. Doch hielt ich mich nicht eine Sekunde lang für tot. Eine solche Vorstellung ist, trotz allem, was darüber geschrieben sein mag, bei einem lebendigen Menschen einfach ausgeschlossen – doch wo und in welchem Zustand befand ich mich? Die zum Tode Verurteilten wurden, wie ich wußte, gewöhnlich während der Autodafés umgebracht, und ich hatte gehört, daß in der Nacht nach dem Urteilsspruch ein solches abgehalten werden sollte. Hatte man mich wieder in mein Gefängnis zurückgebracht, um mich für die nächste Opferung, die erst in ein paar Monaten stattfand, aufzusparen? Ich sah sofort ein, daß dies nicht sein könne. Man hatte ja Opfer *nötig* gehabt. Überdies war meine Zelle, wie in allen Gefängnissen zu Toledo, mit Steinen gepflastert und dem Licht nicht jeder Eintritt verwehrt gewesen.

Plötzlich trieb mir ein gräßlicher Gedanke alles Blut zum Herzen und stieß mich für eine kurze Zeit wieder in Bewußtlosigkeit. Als ich wieder zu mir kam, sprang ich auf meine Füße; jede Fiber in mir bebte. Ich griff mit meinen Armen wild nach allen Richtungen hin. Nichts fühlte ich; doch zitterte ich, einen Schritt zu tun: aus Furcht, an die Wände eines *Grabes* zu stoßen. Schweiß drang mir aus jeder Pore und stand in dicken, kalten Tropfen auf meiner Stirn. Die Angst der Ungewißheit wurde zum Schluß unerträglich, und ich wagte mich vorsichtig vorwärts, streckte die Arme aus und starrte so angestrengt, daß meine Augen fast aus ihren Höhlen springen wollten, vor mich hin, in der Hoffnung, einen wenn auch noch so schwachen Lichtstrahl zu entdecken. Ich tat mehrere Schritte, doch blieb alles dunkel und leer. Ich atmete etwas freier. Es schien

Wassergrube und Pendel

ja, als habe man mich doch nicht dem gräßlichsten aller Tode überliefert.

Und während ich nun vorsichtig vorwärtsschritt, erwachten, überstürzten sich in meinem Geist tausend Erinnerungen an das, was ich von den Schrecken Toledos gehört hatte. Man erzählte schauerliche Dinge von den Gefängnissen – mir waren sie eigentlich immer wie Fabeln erschienen, Fabeln, die zu gräßlich waren, um wiederholt zu werden. Hatte man mich in dieser unterirdischen Welt dem Hungertode preisgegeben? Oder welches vielleicht noch gräßlichere Schicksal erwartete mich? Daß der Tod – und zwar ein bitterer, grausamer Tod – das Ende sein werde, daran zweifelte ich, da ich ja meine Richter kannte, nicht einen Augenblick. Ich dachte nur darüber nach, in welcher Gestalt und wann er sich mir nahen werde.

Meine ausgestreckte Hand fand endlich festen Widerstand. Allem Anschein nach war es eine Steinmauer – die mir sehr glatt, feucht und kalt schien. Ich ging an ihr mit jenem angstvollen Mißtrauen, welches mir gewisse alte Geschichten eingeflößt hatten, vorsichtig entlang. Doch gelangte ich auf diese Weise zu keiner Vorstellung von der Größe meines Gefängnisses, denn die Mauer war an allen Stellen so vollkommen gleichmäßig, daß sie sehr wohl rund sein konnte und ich immer im Kreise herumging. Deshalb suchte ich nach dem

Messer, das sich in meiner Tasche befunden hatte, als man mich in das Inquisitionszimmer führte. Es war verschwunden, und ich bemerkte, daß man meine Kleider gegen ein grobes Leinengewand vertauscht hatte. Ich wollte die Messerklinge in eine kleine Ritze der Wand stoßen, um den Punkt, von dem ich ausging, zu bezeichnen. Doch gelang mir dies auch ohne Messer, obgleich ich es anfangs in meiner Gedankenzerrüttung selbst nicht zu hoffen gewagt hatte: ich riß nämlich ein Stück aus meinem Gewand und legte es auf den Boden, in rechtem Winkel zu der Mauer, nieder. War mein Gefängnis wirklich rund, so mußte ich, nachdem ich mich im Kreise herumgetastet hätte, wieder auf den Kleiderfetzen stoßen. So wenigstens hatte ich kalkuliert, doch bei meiner Berechnung die Größe des Gefängnisses und meine vollständige Körperschwäche ganz außer acht gelassen. Der Boden war feucht und glatt, ich wankte ein paar Schritte vorwärts, stolperte und fiel hin. Meine Erschöpfung zwang mich, liegen zu bleiben, und bald überwältigte mich der Schlaf.

Als ich erwachte und einen Arm ausstreckte, fand ich an meiner Seite ein Brot und einen Krug mit Wasser. Ich war zu erschöpft, um mir diese Tatsache irgendwie erklären zu können, sondern aß und trank mit Heißhunger. Bald darauf nahm ich meinen Rundgang um das Gefängnis wieder auf und stieß nach beschwerlichem Vorwärtstasten wieder auf den Kleiderfetzen. Bis zu dem Augenblick, in dem ich niederfiel, hatte ich schon zweiundfünfzig Schritte gezählt, und nun hatte ich von neuem achtundvierzig Schritte gemacht, ehe ich an mein Merkzeichen zurückgelangte. Im ganzen waren es also hundert Schritte, und nahm ich an, daß zwei Schritte eine Elle ausmachten, so mußte mein Gefängnis fünfzig Ellen im Umfang haben. Doch hatte ich eine Menge Winkel in der Mauer gefunden, so daß ich mir keine rechte Vorstellung von der wirklichen Gestalt der Grube machen konnte; irgend etwas, das ich mir nicht näher erklären konnte, bestimmte mich nämlich, anzunehmen, daß ich mich in einer Grube befinde.

Die Nachforschungen interessierten mich im übrigen nicht sehr – jedenfalls stellte ich sie nicht an, weil ich irgendwelche Hoffnung schöpfte; eigentlich war es nur eine unbestimmte Neugierde, die mich zwang, dieselben fortzusetzen. Ich wandte mich von der Mauer weg und beschloß, den Raum quer zu durchschreiten. Anfangs tastete ich mich nur mit außerordentlicher Vorsicht weiter, denn der Boden war, obgleich hart und festgefügt, gefährlich glitschig. Dann nahm ich jedoch all meinen Mut zusammen, um fest auszuschreiten, und bemühte mich zugleich, den Raum in möglichst gerader Linie zu durchkreuzen. Ich mochte vielleicht zehn oder zwölf Schritte gemacht haben, als sich meine Füße in den Kleiderfetzen verwickelten. Ich stolperte und fiel heftig aufs Gesicht.

In dem ersten Schrecken über meinen Fall entging mir anfangs ein überraschender Umstand, der jedoch schon nach ein paar Sekunden meine ganze Aufmerksamkeit auf sich zog. Sonderbarerweise ruhte nämlich mein Kinn auf dem Boden des Gefängnisses, aber meine Lippen und der obere Teil meines Kopfes berührten, obwohl sie tiefer lagen als das Kinn, anscheinend nichts. Zu gleicher Zeit fühlte ich meine Stirn wie in einem klebrigen Dampf gebadet, und der nicht zu verkennende Geruch verwester Schwämme drang in meine Nase. Ich streckte meinen Arm aus und fand mit Schaudern, daß ich gerade auf den Rand eines runden Brunnens gefallen sei, dessen Ausdehnung ich in diesem Augenblick natürlich noch nicht ermessen konnte. Ich tastete mit der Hand an dem Mauerwerk gerade unterhalb des Randes entlang, bröckelte einen kleinen Stein los und ließ ihn in den Abgrund fallen. Während mehrerer Sekunden vernahm ich sein wiederholtes Aufschlagen an den Seiten oder Vorsprüngen des Abgrundes, dann sein dumpfes Einschlagen in das Wasser, dem ein lautes, vielfaches Echo folgte. Zugleich vernahm ich einen Laut wie von dem raschen Öffnen und Wiederschließen einer Tür über mir, während ein schwacher Lichtstrahl plötzlich die Dunkelheit durchzuckte und ebenso rasch wieder verschwand.

Nun erkannte ich klar, welches Schicksal man mir zugedacht hatte, und konnte mich zu meinem Fall, der mich vor demselben bewahrte, beglückwünschen. Noch einen Schritt weiter und die Welt hätte mich nie mehr gesehen. Die Todesart, der ich eben entgangen war, war so gräßlich, daß sie alle jene Gerüchte über die Scheußlichkeiten der Inquisition, die ich für grausige Fabeln gehalten hatte, an Gräßlichkeit übertraf. Die Opfer hatten gewöhnlich die Wahl zwischen einem Tod unter den schauerlichsten körperlichen oder unerhörtesten geistigen Qualen. Mir hatte man die letzteren zugedacht. Das lange und unsägliche Leiden hatte meine Nerven schon so zerrüttet, daß ich bei dem Klang meiner eigenen Stimme zu zittern begann und ein ausgezeichnetes Objekt für die Art Qualen geworden war, die man mir zugedacht hatte.

An allen Gliedern bebend, tastete ich mich zu der Mauer zurück, entschlossen, lieber dort zu sterben, als mich der Gefahr auszusetzen, in einen der gräßlichen Brunnen zu geraten, die mir meine Phantasie an den verschiedensten Stellen des Gefängnisses vorspiegelte.

Wäre ich in einem anderen Gemütszustand gewesen, so hätte ich den Mut gehabt, meiner Qual durch einen Sprung in einen dieser Abgründe mit einem Mal ein Ende zu machen. Doch hatten mich alle die seelischen Leiden, die vorhergegangen waren, zum Feigling gemacht, und außerdem fiel mir wieder ein, was ich von diesen Brunnen gelesen hatte: daß ihre gräßliche Bauart einen *schnellen* Tod einfach ausschloß.

Meine Aufregung hielt mich lange Stunden wach; endlich schlummerte ich wieder ein. Als ich aus dem Schlaf auffuhr, fand ich, wie das vorige Mal, ein Brot und einen Krug Wasser an meiner Seite. Ein brennender Durst quälte mich, und ich leerte das Gefäß auf einen Zug. Man mußte dem Wasser irgendein Schlafmittel beigemischt haben, denn kaum hatte ich getrunken, so schlossen sich meine Lider von neuem.

Ich schlief wie tot. Als ich meine Augen wieder öffnete, konnte ich die Gegenstände um mich her erkennen. Ein seltsames schwefelgelbes Licht, dessen Ursprung ich zunächst nicht ausfindig machen konnte, ließ mich die Ausdehnung und Bauart meines Gefängnisses überschauen. Ich hatte mich über seine Größe durchaus getäuscht. Der ganze Umfang der Mauern betrug höchstens fünfundzwanzig Ellen. Diese Tatsache leitete mich für einige Minuten in eine ganze Welt müßiger Verwunderungen, die ich mir kaum zu erklären vermochte; denn was konnte mich unter den furchtbaren Umständen, in denen ich mich befand, die Größe meines Gefängnisses kümmern? Doch ergriff mich ein sonderbares Interesse für die unbedeutendsten Kleinigkeiten meiner Umgebung, und ich bemühte mich, die Ursache meines Irrtums herauszufinden. Nach langem Nachdenken kam ich denn auch dahinter: Bei meinem ersten Versuch, das Gefängnis zu umschreiten, hatte ich bis zu dem Augenblick, in dem ich hinfiel, zweiundfünfzig Schritte gezählt und mußte dem Kleiderfetzen bis auf ein oder zwei Schritte nahe gekommen sein. Darauf war ich eingeschlafen und hatte mich beim Erwachen herumgedreht und denselben Weg noch einmal gemacht, ohne in meiner Verwirrung zu bemerken, daß ich beim ersten Mal die Mauer zur linken und beim zweiten Mal zur rechten Hand hatte.

Auch bezüglich der Form des Gefängnisses hatte ich mich getäuscht. Als ich mich an den Mauern herumtastete, hatte ich eine Menge Winkel gefunden und mir den Raum deshalb äußerst unregelmäßig gedacht. Die Winkel stellten sich jetzt einfach als unregelmäßig verteilte Einbuchtungen heraus. Im allgemeinen war das Gefängnis viereckig. Was ich für Mauerwerk gehalten hatte, schien Eisen zu sein oder irgendein anderes Metall, das in großen Platten die Wand bekleidete. Die ganze Oberfläche dieser erzenen Wände war mit rohen Abbildungen all jener abschreckenden scheußlichen Szenen besudelt, die dem grobsinnlichen Aberglauben der

Mönche ihre Entstehung verdankten. Teufelsfratzen mit drohenden Mienen, Skelette und andere noch gräßlichere Bilder überzogen die Wände. Ich bemerkte, daß die Konturen dieser Ungeheuerlichkeiten ziemlich deutlich hervortraten, während die Farben verlöscht und verblaßt zu sein schienen, wie es unter dem Einfluß einer feuchten Atmosphäre zu geschehen pflegt. Dann betrachtete ich den Fußboden: er war von Stein, und in seiner Mitte gähnte der ungeheure Schlund, dem ich entronnen war; doch war er der einzige, der sich im Kerker befand.

Ich erblickte alles dies nur undeutlich und mit vieler Mühe – denn während meines Schlafes war mit meiner Lage eine große Veränderung vor sich gegangen. Man hatte mich jetzt der Länge nach auf eine Art von niedrigem Holzrahmen mit Lattenwerk auf den Rücken hingestreckt. Mit einem langen, einem Sattelgurt ähnlichen Riemen hatte man mich dann dort festgebunden. Diese Fessel umwand meinen Körper und meine Glieder vielfach, so daß nur mein Kopf und mein linker Arm frei blieben, der letztere jedoch nur so weit, daß ich mit vieler Mühe bis zu einer irdenen Schüssel reichen konnte, die, mit Nahrung gefüllt, mir zur Seite auf dem Boden stand. Mit Entsetzen bemerkte ich, daß man den Wasserkrug fortgenommen hatte. Ich sage mit Entsetzen, denn ich wurde von einem unerträglichen Durst gequält. Diesen Durst zu erzeugen schien in der Absicht meiner Quäler zu liegen, denn die in der Schüssel befindliche Nahrung bestand aus einer stark gewürzten Fleischspeise.

Ich begann jetzt, die Decke meines Gefängnisses zu betrachten. Sie mochte wohl dreißig oder vierzig Fuß hoch sein und war von ähnlicher Bauart wie die Seitenwände. Auf einem der Felder erblickte ich eine sonderbare Figur, die meine ganze Aufmerksamkeit auf sich zog. Es war das gemalte Symbol der Zeit, wie man sie gewöhnlich darstellt, nur hielt sie statt der Sichel ein Ding in der Hand, das ich auf den ersten Blick für die Abbildung eines großen Pendels hielt, wie man ihn noch an altmodischen Uhren sieht. Doch fiel mir irgend etwas an diesem Instrument auf, das mich veranlaßte, aufmerksam hinzuschauen.

Während ich nun gerade hinaufstarrte – das Pendel war genau über mir angebracht –, schien es mir plötzlich, als bewege es sich. Einen Augenblick später fand ich meine Vermutung bestätigt. Seine Schwingungen waren kurz und langsam. Ich beobachtete sie einige Minuten lang mit großem Schrekken, aber noch größerem Erstaunen. Als mich dies endlich ermüdete, richtete ich meine Blicke auf andere in der Zelle befindliche Gegenstände.

Bald darauf vernahm ich ein sonderbares, raschelndes Geräusch und sah mehrere Ratten von ungewöhnlicher Größe über den Boden hinlaufen.

Wassergrube und Pendel

Sie waren aus dem Brunnen gekommen, den ich von meinem Platz aus überschauen konnte. Selbst während ich hinsah, kamen sie scharenweise herauf und eilten, von dem Geruch des Fleisches angelockt, mit gierigen Augen herbei. Nur mit vieler Mühe und Aufmerksamkeit konnte ich sie von der Schüssel verscheuchen.

Es mochte wohl eine halbe, vielleicht aber auch eine ganze Stunde vergangen sein – ich konnte mir ja nur eine sehr unvollkommene Vorstellung von der Zeit machen –, ehe ich meine Blicke wieder empor zur Decke richtete. Was ich da erblickte, versetzte mich in Verwunderung und Bestürzung. Die Schwingung des Pendels hatte sich fast um eine Elle vergrößert und an Geschwindigkeit ebenfalls zugenommen; was mich jedoch hauptsächlich beunruhigte, war die Tatsache, daß sich das Pendel selbst merklich tiefer gesenkt hatte. Ich bemerkte jetzt auch – es ist überflüssig, zu sagen, mit welchem Grausen –, daß sein unteres Ende aus einem Halbmond von blitzendem Stahl bestand, der von einem Horn zum anderen etwa einen Fuß maß. Die Spitzen der Hörner waren nach aufwärts gekehrt, und die untere Kante hatte augenscheinlich die Schärfe eines Rasiermessers. Auch schien das Pendel so massiv und schwer wie ein solches, da es, von der haarscharfen Schneide an allmählich dicker werdend, oben in einen breiten Rücken auslief. Es hing an einem dicken Stabe von Messing, und das Ganze zischte ordentlich, wenn es die Luft durchschnitt.

Nun konnte ich nicht länger im Zweifel darüber sein, welches Schicksal mir die erfinderische Grausamkeit der Mönche zugedacht hatte. Es war den Dienern der Inquisition nicht entgangen, daß ich die Grube entdeckt hatte: jene Grube, deren Schrekken einem so versteckten Ketzer, wie ich es in ihren Augen war, bestimmt war – die Grube, dies Bild der Hölle, die, wie das Gerücht ging, das Grauenhafteste an Foltern barg, was die teuflische Grausamkeit der Mönche nur ausgeklügelt hatte. Durch einen bloßen Zufall war ich vor dem Sturz in diesen Abgrund bewahrt geblieben, und ich wußte, daß fürchterliche Überraschungen einen wichtigen Bestandteil der Ungeheuerlichkeiten des Foltertodes bildeten. Da ich selbst dem Sturz entgangen war, würde man mich nicht durch fremde Hand in den Abgrund schleudern; die Grube war so ein für allemal aus dem Marterplan ausgeschaltet. Es erwartete mich also eine andere, mildere Art der Vernichtung. Milder! Fast mußte ich in meiner Todesangst auflachen, einen solchen Gedanken unter solchen Umständen gedacht zu haben

Doch was würde es nützen, von jenen langen, langen Schreckensstunden reden zu wollen, in denen ich die sausenden Schwingungen des scharf geschliffenen Stahles zählte! Zoll um Zoll, Linie um

Linie, mit kaum erkennbaren, nur nach längeren Zeiträumen, die mir wie Jahrhunderte erschienen, merklichen Senkungen schwebte das entsetzliche Instrument auf mich herab! Tage vergingen – viele Tage mochten vergangen sein, bis es so dicht über mir hin und her sauste, daß mich die raschen Schwingungen wie ein glühender Atem anfächelten! Schon drang der Geruch des scharfen Stahles in meine Nase. Ich betete – ich schrie zum Himmel empor, daß er die Bewegungen des Pendels beschleunige. Ich wurde wie rasend, wie tollwütig und bäumte mich aufwärts, um mich dem gräßlichen Vernichter schneller anheimzugeben. Dann wurde ich plötzlich sehr ruhig, sank zurück und blickte den glitzernden Tod lächelnd an, wie ein Kind ein seltsames Spielzeug.

Es trat ein Zustand völliger Bewußtlosigkeit ein, der aber nicht lange gedauert haben konnte, denn als ich wieder zu mir kam, war keine wesentliche Senkung des Pendels zu bemerken. Doch bewies dies eigentlich nichts, denn ich mußte mir sagen, daß mich von oben herab meine teuflischen Quäler bewachten und während meiner Ohnmacht die Schwingungen nach Belieben aufgehalten haben konnten. Außerdem fühlte ich mich, als ich wieder zu mir kam, sehr elend – ach: unsagbar elend und matt, als hätte ich schon seit langer Zeit keine Nahrung mehr zu mir genommen. Selbst inmitten all dieser Todesqualen forderte die Natur gebieterisch ihr Recht. Mit schmerzhafter Anstrengung streckte ich meinen linken Arm aus, soweit es meine Fesseln erlaubten, und bemächtigte mich der geringen Speisenreste, welche die Ratten übriggelassen hatten. Als ich ein Stückchen Fleisch zwischen meine Lippen schob, tauchte in meinem Geist etwas wie ein unbestimmter Gedanke der Freude und Hoffnung auf. Und doch, was hatte ich mit Hoffnung zu tun? Es war, wie ich sagte, nur das unbestimmte Dämmern eines Gedankens, wie es im Menschen so manchmal entsteht und spurlos wieder zerrinnt. Ich fühlte, daß es Freude und Hoffnung bedeutete – aber ich fühlte auch, daß diese Regungen im Entstehen schon wieder in nichts zerflossen. Vergebens bemühte ich mich, sie zu einem bestimmten Gedanken zu verdichten, sie festzuhalten. Die lange Qual hatte meine geistigen Fähigkeiten fast vernichtet. Ich war beinahe zum Blödsinnigen, zum Idioten geworden.

Die Schwingungen des Pendels standen im rechten Winkel zu meiner Körperlänge. Ich sah, daß der Halbmond genau mein Herz durchschneiden müsse. Zuerst würde er den Stoff meines Gewandes schlitzen, bei der Rückschwingung den Einschnitt wiederholen – und dann wieder und wieder. – Trotz der entsetzlich weiten Schwingung, die jetzt wohl schon dreißig Fuß betrug, und trotz der sausenden

Kraft, mit der das Pendel niederfuhr und die wohl genügt hätte, die eisernen Wände zu spalten, würde sich während einiger Minuten die ganze Wirkung darauf beschränken, mir die Kleider zu zerreißen. Bei diesem Gedanken verweilte ich lange, da ich nicht wagte, weiter darüber hinauszugehen. Ich verharrte bei ihm mit starrer Aufmerksamkeit, als könne ich dadurch den Stahl aufhalten. Ich zwang mich, über das Sausen des Halbmondes, wenn er meine Kleider durchschneiden würde, nachzugrübeln – an das eigentümliche Erschaudern zu denken, das meine Nerven bei dem Zerreißen des Gewandes überlaufen würde. Über all diese Nebensächlichkeiten grübelte ich nach, bis meine Zähne wie im Frost aufeinanderschlugen. Tiefer, immer tiefer sank das Pendel. Ich fand ein irres Vergnügen daran, die Schnelligkeit der Schwingungen nach oben und nach unten miteinander zu vergleichen. Nach rechts, nach links – auf und ab sauste es, stöhnend, heulend wie ein Verdammter in der Hölle. Auf mein Herz ging es los, mit sicherem, beständigem Schleichtritt wie ein Tiger. Und ich lachte und heulte abwechselnd dazu, je nachdem die eine oder die andere Vorstellung in mir die Oberhand gewann.

Tiefer – immer tiefer, ohne Erbarmen! Nur noch drei Zoll über meinem Herzen sauste das Pendel dahin. Ich machte wilde, wütende Anstrengungen, meinen linken Arm, der bis zum Ellbogen gefesselt war, ganz zu befreien. Wäre es mir gelungen, so hätte ich das Pendel ergriffen und zum Stillstand zu bringen versucht. Doch hätte ich wohl ebensogut wagen können, den Sturz einer Lawine aufzuhalten.

Tiefer sauste es – unaufhörlich, unerbittlich tiefer! Ich rang nach Atem und bot alle Kräfte auf, um mich zu befreien. Bei jeder neuen Schwingung zuckte ich wie von einem Krampf geschüttelt zusammen; meine Blicke folgten dem sausenden Stahl nach oben und nach unten mit dem gierigen Eifer der sinnlosesten Verzweiflung. Wenn er niederfuhr, schlossen sich meine Augen vor irrer Angst, und doch wäre mir der Tod eine Erlösung, eine unaussprechlich heiß ersehnte Erlösung gewesen! Und andererseits schauderte ich bis in meine innersten Fibern bei der Vorstellung, wie wenig sich der fürchterliche Stahl nur noch zu senken brauchte, um meine Brust zu durchschneiden. Was mich so erschauern und meine Nerven erzittern ließ, das war *Hoffnung* –: ja, Hoffnung, die noch in den Kerkern der Inquisition die dem Tode Geweihten umflüstert. Ich sah, daß nach etwa zehn oder zwölf Schwingungen der Stahl in Berührung mit meinen Kleidern kommen müsse; und mit dieser Überzeugung überkam meinen Geist plötzlich die kalte Ruhe der Verzweiflung. Zum ersten Male seit vielen

Stunden, ja seit vielen Tagen dachte ich wieder. Es fiel mir plötzlich auf, daß die Gurte, die mich fesselten, aus *einem* Stück bestanden. Ich war an keiner Stelle mit einem einzelnen Riemen festgebunden, Der erste Schnitt des haarscharfen Halbmondes durch irgendeinen Teil meiner Fesseln mußte dieselben so weit lösen, daß es mir gelingen konnte, mich mit meiner freien linken Hand ganz aus ihnen herauszuwickeln. Doch wie fürchterlich war selbst in diesem Falle die nahe Berührung des Stahles! Die geringste Zuckung konnte ja tödlich werden! Überdies war es leicht möglich, daß meine Quäler eine solche Möglichkeit vorausgesehen und ihr vorgebeugt hatten. Wie unwahrscheinlich war es, daß die quer über meine Brust laufende Fessel so angebracht war, daß das Pendel sie treffen würde? Voller Furcht, meine letzte schwache Hoffnung vernichtet zu sehen, reckte ich meinen Kopf, soweit es ging, in die Höhe, um einen Überblick über meine Brust zu erhalten.

Meine Glieder und mein Körper waren nach allen Richtungen hin von den Gurten fest umwunden – ausgenommen da, wo der tödliche Halbmond vorüberstreifen mußte!

Kaum war ich in meine frühere Lage zurückgesunken, als in meiner Seele etwas aufblitzte, das ich nicht besser beschreiben kann, als wenn ich es die zweite Hälfte jenes unbestimmten Gedankens an

Wassergrube und Pendel

Befreiung nenne, den ich schon vorhin erwähnte, der mir vage und undeutlich vorschwebte, als ich die Speise an meine brennenden Lippen führte. Jetzt stand er vor mir – noch schwach, von der Vernunft kaum gebilligt, doch vollständig und erkennbar. Mit der schaudernden Energie der Verzweiflung machte ich mich sogleich an seine Ausführung.

Seit mehreren Stunden wimmelte es dicht um den hölzernen Rahmen herum, auf dem ich lag, von Ratten. Sie schwärmten mit dreister, gieriger Zudringlichkeit heran und starrten mich mit ihren rötlich glühenden Augen an, als warteten sie nur darauf, mich, sobald ich regungslos daliegen würde, zu verzehren. ›Welcher Art‹, dachte ich mit Grausen, ›mag wohl ihre Nahrung im Brunnen gewesen sein?‹

Sie hatten, trotz all meiner Versuche, sie zu verscheuchen, den Inhalt der Schüssel bis auf einen kleinen Rest verzehrt. Unaufhörlich hatte ich die Hand über dem Speiserest hin und her bewegt, doch zum Schluß war die Bewegung durch ihre fortwährende Gleichmäßigkeit wirkungslos geworden. Das scharfe Gebiß dieser gefräßigen Tiere hatte oft meine Finger berührt. Mit den kleinen Stückchen der fetten, stark gewürzten Speise, die noch vorhanden waren, rieb ich nun meine Fesseln, soweit ich nur reichen konnte, gründlich ein. Dann zog ich meine Hand zurück und blieb regungslos, mit zurückgehaltenem Atem, liegen.

Anfangs schienen die raubgierigen Tiere durch die Veränderung erschreckt, schienen der plötzlichen Bewegungslosigkeit zu mißtrauen. Sie eilten zum Brunnen zurück, und ich fürchtete schon, sie würden sich nicht mehr heranwagen. Doch dauerte ihre Angst nur einen Augenblick lang. Ich hatte nicht umsonst auf ihre Gefräßigkeit gerechnet. Als sie bemerkten, daß ich regungslos liegenblieb, sprangen ein oder zwei der zudringlichsten auf den Holzrahmen und schnüffelten an den Fesseln herum. Dies schien das Zeichen zu einem allgemeinen Sturm zu sein. In immer neuen Scharen schwärmten sie vom Brunnen heran. Sie klammerten sich an das Holz, stürzten auf den Rahmen und trieben sich zu Hunderten auf meinem Körper herum. Die regelmäßige Schwingung des Pendels beunruhigte sie nicht im mindesten. Sie wichen ihm aus und beschäftigten sich angelegentlichst mit den fettigen Gurten. Immer größere Schwärme wimmelten heran. Sie krochen über meine Kehle, ihre kalten Schnauzen berührten oft meine Lippen; ich war dem Ersticken nahe; ein Ekel, der sich nicht in Worte fassen läßt, krampfte mir den Magen zusammen und erfüllte mich mit eisiger Übelkeit. Doch hielt ich standhaft aus, da ich fühlte, daß der Kampf nicht mehr lange dauern könne. Deutlich spürte ich schon, wie meine Fesseln sich lockerten, sie mußten schon an mehr als einer Stelle zernagt sein. Mit übermenschlicher Willenskraft hielt ich still.

Ich hatte mich in meinen Berechnungen nicht geirrt, und meine Standhaftigkeit schien belohnt zu werden. Ich fühlte, daß ich frei war! Der Gurt hing in Fetzen um meinen Körper herum. Doch schon berührte das Pendel meine Brust. Der Stoff meines Gewandes war schon geschlitzt, selbst das Hemd darunter war schon durchschnitten worden. Noch zweimal schwang das Pendel, und durch jede Fiber meines Leibes zuckte ein schauerlich durchdringendes Schmerzgefühl. Doch der Augenblick der Rettung war gekommen. Auf eine feste Bewegung meiner Hand stürzten meine Befreier erschreckt von dannen. Vorsichtig, langsam, zusammengekrümmt machte ich eine seitliche Schwenkung und glitt aus meinen Fesseln und dem Bereich des fürchterlichen Stahls auf die Erde nieder. Für den Augenblick wenigstens war ich frei.

Frei! In den Klauen der Inquisition und von Freiheit reden! Kaum war ich von meinem hölzernen Schreckenslager auf den Steinboden meines Gefängnisses herabgeglitten, als die Bewegung der höllischen Maschinerie aufhörte. Ich sah, wie sie von einer unsichtbaren Kraft zur Decke emporgezogen wurde, und neue Verzweiflung zerriß mir das Herz. Man überwachte also jede meiner Bewegungen! Frei! – Ich war nur *einer* Art von Todesqual entgangen, um einer schlimmeren überliefert zu werden. Bei diesem Gedanken schweiften meine entsetzten Blicke unwillkürlich an den eisernen Mauern, die mich umschlossen, entlang. Irgendeine Veränderung, über die ich mir im ersten Augenblick noch nicht recht klar wurde, hatte stattgefunden, irgend etwas Ungewöhnliches war im Raum vor sich gegangen. Mehrere Minuten lang quälte ich mich, in einer grausenerfüllten, traumhaften Versunkenheit befangen, mit unmöglichen, irren Vermutungen ab. Dann bemerkte ich zum erstenmal den Ursprung des schwefeligen Lichtes, das meinen Kerker erfüllte. Es drang aus einem vielleicht einen halben Zoll breiten Spalt hervor, der am Fuß der Wände den ganzen Kerker entlanglief, so daß sie vollständig vom Fußboden getrennt waren. Ich bemühte mich, durch die Rinne hinunterzuspähen, jedoch vergeblich.

Als ich mich nach diesem Versuch wieder erhob, wurde mir plötzlich klar, worin die geheimnisvolle Veränderung meiner Zelle bestand. Ich sagte schon, daß die Umrisse der an den Wänden befindlichen Abbildungen deutlich hervortraten, die Farben hingegen matt und verblaßt erschienen. Diese Farben begannen jetzt von Augenblick zu Augenblick schreckhafter aufzuleuchten und verliehen den gespensterhaften, teuflischen Fratzen einen Anblick,

Wassergrube und Pendel

der stärkere Nerven als meine zerquälten mit unerträglichem Grausen erfüllt haben würde. Dämonische Augen mit wilden, geisterhaften Blicken starrten mich plötzlich aus dunklen Ecken an und glühten mit so düsterem Feuerglanz zu mir her, daß ich mich nicht zwingen konnte, sie nur für eine Vorspiegelung meiner gemarterten Phantasie zu halten.

Vorspiegelung! – Schon drang beim Atemholen der Dunst von glühendem Eisen in meine Nase. Ein erstickender Qualm begann den Kerker zu erfüllen. Mit jeder Sekunde erglühten die Augen, die auf meine Todesqualen niedergrinsten, in wüsterem Feuerschein. Die gemalten blutigen Schauerszenen färbten sich blutiger. Schüttelnd riß ein Grausen an mir! Ich keuchte! Ich erkannte die Absicht meiner Quäler – dieser entmenschten Teufel! Ich floh vor dem glühenden Eisen in die Mitte der Zelle. In dem unsagbaren Grauen vor der feurigen Vernichtung, die mich erwartete, kam mir plötzlich wie linderndes Balsam der Gedanke an die Kühle des Brunnens. Ich beugte mich über seinen gefährlichen Rand und spähte scharf hinunter. Ein feuriger Schein fiel von der glühenden Decke und beleuchtete seine verborgensten Winkel. Doch sträubte sich mein Geist einen gräßlichen Augenblick lang, das, was ich da sah, für möglich zu halten. Endlich drängte sich die Wahrheit meiner Seele mit unwiderstehlicher Gewalt auf – brannte sich mit unerhörten Zügen in meine schaudernde Vorstellung. Wer könnte aussprechen, was ich sah? Jedes andere Schrecknis – nur nicht dies! Mit einem Schrei stürzte ich von dem Brunnenrand fort, verbarg mein Gesicht in meinen Händen – und weinte bitterlich!

Die Hitze nahm rasch zu, und wie irrsinnig starrte ich noch einmal zur Decke empor. Eine zweite Veränderung hatte sich vollzogen, und zwar diesmal in der Form des Kerkers. Wie früher bemühte ich mich, zuerst vergeblich, ihren Zweck zu erkennen. Doch blieb ich nicht lange im Zweifel. Mein zweimaliges Entkommen hatte die Wut der Inquisitoren zum Äußersten getrieben, und sie zögerten nicht, all ihren Grausamkeiten noch die letzte, fürchterlichste folgen zu lassen.

Der Kerker war ursprünglich rechtwinkelig gewesen, jetzt sah ich, daß zwei seiner eisernen Ecken spitzwinkelig, die beiden anderen also stumpfwinkelig geworden waren. Mit leisem Knarren ging die furchtbare Verschiebung vor sich. Einen Augenblick später hatte der Raum die Gestalt eines verschobenen Quadrats. Doch hielt die Bewegung hier nicht an – ich hatte es auch weder gehofft noch gewünscht. Ich hätte ja die glühenden Wände wie ein Totenhemd, das mir die ewige Ruhe versprach, an meine Brust drücken mögen! „Tod!" rief ich sehnsüchtig aus; denn willkommen war mir jeder Tod – nur nicht der Tod in der Grube! Ich Narr! Begriff ich

Wassergrube und Pendel

denn immer noch nicht, daß das glühende Eisen keinen anderen Zweck hatte, als mich in den Brunnen hineinzutreiben? Konnte ich die Glut ertragen? Und wäre dies auch möglich: mußte ich nicht der pressenden Gewalt der wandelnden Wände weichen? – Enger und enger und so schnell, daß mir keine Zeit zum Grübeln blieb, schob sich das Viereck zusammen. Schon stand sein Mittelpunkt, der breiteste Raum zwischen den Eisenwänden, gerade über dem gähnenden Abgrund des Brunnens. Ich schauderte zurück – die Wände drängten mich wieder vor. Endlich war für meinen zuckenden, wunden Körper nur noch ein Zoll Raum auf dem Boden geblieben. Ich kämpfte nicht länger; die Todesangst meiner Seele schrie in einem einzigen lauten Schrei der Verzweiflung zum Himmel auf. Ich fühlte, daß ich auf dem Rande schwankte – ich wandte die Augen ab – ich hörte ein verworrenes Geräusch menschlicher Stimmen! Dann ein polterndes Rollen wie von tausend Donnern! Und jetzt ein lautes Signal wie von vielen Trompeten, die durcheinanderschmetterten. Es krachte – dröhnte! Die feurigen Wände fuhren zurück! Ein ausgestreckter Arm ergriff den meinen, im Augenblick, da ich schon besinnungslos über dem Abgrunde wankte. Es war General Lasalle. Die französische Armee war in Toledo eingezogen. Die Inquisition befand sich in den Händen ihrer Feinde.